旗

無茶の勘兵衛日月録13

浅黄 斑

時代小説

二見時代小説文庫

幻惑の旗——無茶の勘兵衛日月録13

目次

『幻惑の旗──無茶の勘兵衛日月録13』の主な登場人物

落合勘兵衛《おちあいかんべえ》……越前大野藩江戸詰の御耳役。若君・直明《なおあきら》の国帰りを護って越前大野へ。

落合園枝《おちあいそのえ》……勘兵衛の新妻。

新高八次郎《にいたかはちじろう》……勘兵衛の若党。主の勘兵衛とともに越前大野へ。

松田与左衛門《まつだよざえもん》…越前大野藩の江戸留守居役。落合勘兵衛の上司。

松平直明《まつだいらなおあきら》……越前大野藩主・直良《なおよし》の嫡男。次期藩主。父の見舞いで初の国帰りの途へ。

伊波利三《いなみとしぞう》……越前大野藩の若君・直明の付家老。勘兵衛の親友。

塩川七之丞《しおかわしちのじょう》……越前大野藩の若君・直明の小姓組頭。勘兵衛の新友。妻・園枝の兄。

冬瓜の次郎吉《とうがんじろきち》…髪結床（冬瓜や）の主。火盗改の手先。勘兵衛の探索を手伝う。

千束屋政次郎《ちづかやまさじろう》…割元（口入れ屋）の主。勘兵衛の探索を手伝う。

和泉屋忠右衛門《いずみやちゅうえもん》…紙問屋（和泉屋）の主。孫を助けられた恩を感じ勘兵衛の元に出入り。

菊池兵衛《きくちひょうえ》……増上寺掃除番。幕府大目付大岡忠種直属の黒鍬者。勘兵衛の情報源。

服部源次右衛門《はっとりげんじえもん》…越前大野藩の忍び目付。酒井大老と小栗美作の謀略に対抗。

酒井忠清《さかいただきよ》……幕府の大老。越前大野藩への謀略の後ろ盾。

小栗美作《おぐりみまさか》……越後高田藩の家老。越前大野藩への謀略を推進。

安藤九郎右衛門《あんどうくろうえもん》…越後高田藩・松平綱国の付家老。小栗美作の縁戚に連なる。

越前松平家関連図（延宝5年：1677年4月時点）

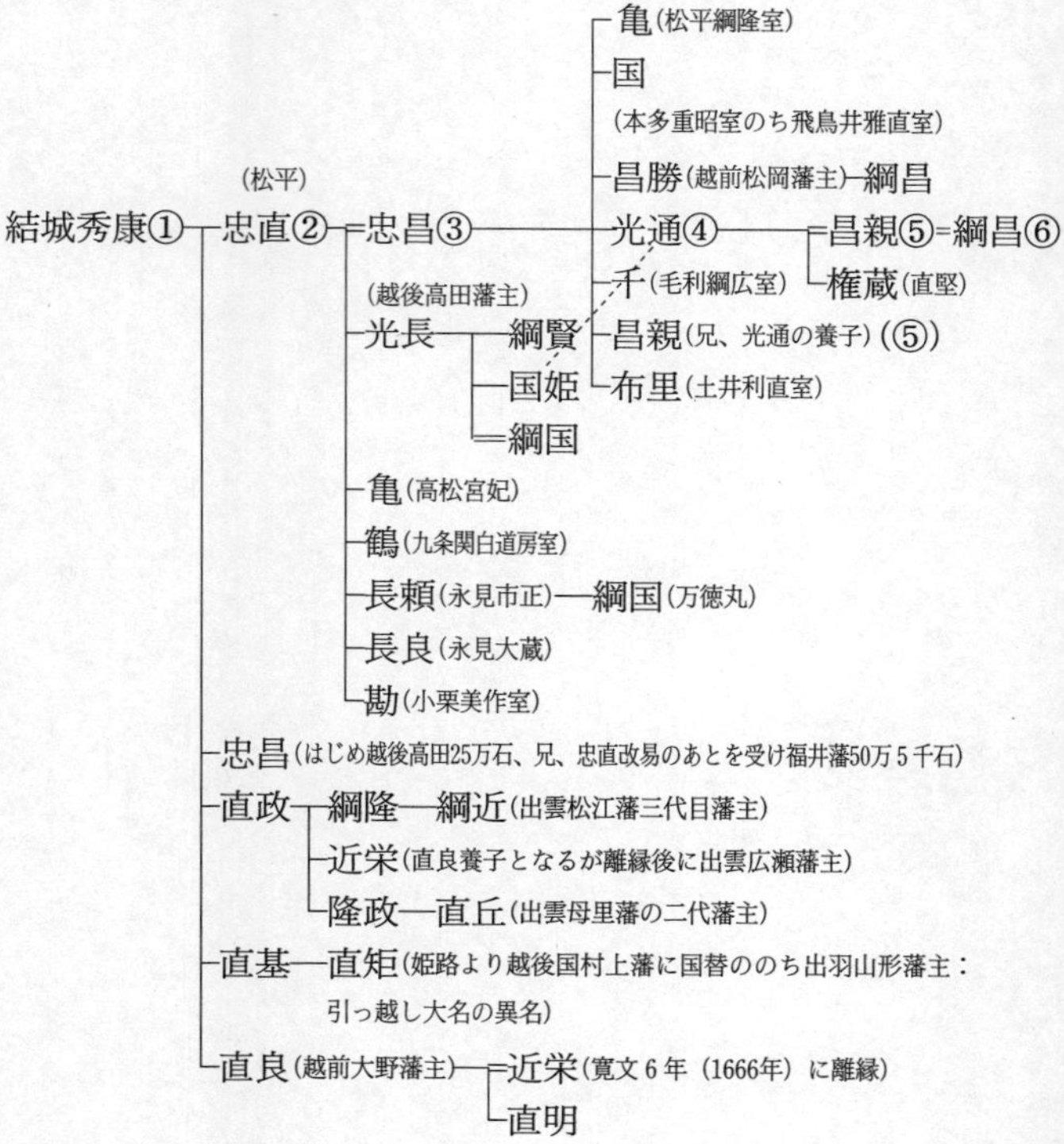

註：＝は養子関係。○数字は越前福井藩主の順を、------は夫婦関係を示す。

頸城《くびき》の又者《またもの》

1

延宝《えんぽう》五年（一六七七）春三月、桜川沿いの愛宕下《あたごした》通りには、このところ一段と通行のひと数が増えた。

ほかでもない。

桜がそろそろ満開に近くなった。

このころ、江戸にて、桃青《とうせい》の俳号で宗匠に立机《りつき》した松尾芭蕉《まつおばしょう》が、十年ほどのち深川の芭蕉庵で――。

花の雲、鐘は上野か浅草か

と詠《よ》むけれど、江戸の桜の名所は、なにも上野や浅草ばかりではない。

御府内でもっとも急といわれる七十二段の石段坂、足腰弱い婦女子には百八段の女《おん》坂《な》

坂《ざか》が用意された愛宕山権現社《あたごさんごんげんしゃ》にも、多くの桜の木があった。

つまりは、ひっきりなしに花見客が押し寄せている。

その愛宕山の東、南には芝の増上寺《ぞうじょうじ》という江戸の一画は愛宕下と呼ばれ、大名屋敷が蝟集《いしゅう》するところであった。

越前大野《えちぜんおおの》の領主、松平但馬守直良《まつだいらたじまのかみなおよし》の江戸上屋敷もその地にある。

大野藩は五万石ながら、徳川御三家に次ぐ越前松平家に連なる家なので、家格だけは高い。

落合勘兵衛《おちあいかんべえ》が屋敷切手門《きってもん》から愛宕下通りに出たのは、そろそろ七ツ（午後四時）に近い時刻であった。

(相変わらずの人出だ……)

愛宕山の背後に傾いている陽光を、小手をかざして遮りながら見上げると、思わず心が浮き立つような桜色の花影が、権現社のそこかしこに見受けられる。

(あすか、あさってあたり……)

妻の園枝《そのえ》を花見に誘ってみようか。

ふと、そんなことを勘兵衛は思った。

（場所は……）

向島《むこうじま》の木母寺《もくぼじ》あたりまで、遠出してみるのもよかろうな。

隅田《すみだ》村にある木母寺付近に、常陸国《ひたちのくに》（茨城）にあった桜の名木を移したのは、三十年ほど昔のことらしいが、まだあまり知られていない穴場だと、きょう上司で江戸留守居役の松田《まつだ》から聞いたばかりだ。

ちなみに木母寺より南、隅田堤《つつみ》に桜並木ができるのは、この時代より四十年ほどが過ぎた享保《きょうほう》時代のことである。

――なにしろ人出が少ないからな。実にゆったりと、心ゆくまで花を愛《め》でることができるらしい。

言って松田は、ふっと秋葉大権現《あきばだいごんげん》の名を出した。

やはり向島の須崎村《すさきむら》にある社《やしろ》であった。

その秋葉大権現に、勘兵衛は松田から「紅葉狩《もみじ》りに行こう」と誘われたことがある。

一年半まえの秋のことであった、
もっとも、紅葉狩りは口実で、実は人の耳を憚《はばか》っての密談の場として選ばれたのだ。

というのも、そのころ——。

越前大野藩を標的とした、ある陰謀がひそかに進行しつつあったからだ。

だが、きょう、松田が秋葉大権現の名をふいと口にしたのは、その陰謀について蒸し返そうとしたのではなかろう……と勘兵衛は感じた。

その秋葉大権現社の境内で松田と勘兵衛は、門前にある［青柳屋《あおやぎや》］という料理屋に作らせた弁当を肴《さかな》に、互いに竹酒《ちくしゅ》を酌み交わしながら遊客《ゆうかく》を装い、その実、深刻な密談を交わしたものだ。

（おそらく松田さまは……）

木母寺の桜を眺めながら、あのときと同様に、勘兵衛と酒を酌み交わしたいと思ったにちがいない。

しかし——。

松田は、そうとは口にしなかった。

江戸留守居役としては、それどころではなかったのである。

主君の松平直良は、七十四歳という高齢であった。

その直良は昨年そうそうに病を得て、なかなか床上げができなかった。

その年は、帰国の年にあたっていたが、それすら危ぶまれていたところ、ようやくに快復して江戸を発っていった。

そんな主君の健康を、松田は大いに危ぶんでいたものだが、その心がかりは現実のものとなった。

国許からの急報によると、直良は風邪をこじらせて、病は重篤であるという。

――この正月、お国帰りの恒例に清滝社《きよたきしゃ》に詣《もう》でられたのが悪かったようじゃ。なにしろ、あのように雪深い土地柄じゃからなあ。ご高齢のこともあり、あまり無理はなさらぬようにと申し上げておいたのじゃが……。

松田には珍しく、繰《く》り言《ごと》めいたことばを出して、

――ま、とにかく、今年の参府は無理であろう。それゆえ、幕府《おかみ》にはその旨の願いを出して、お許しをいただいた。

勘兵衛が松田からそう聞かされ、また十日ほどのちには――。

――ようよう考えれば、万一ということもある。それゆえ、若君を父君御見舞いのために帰国の願いも出しておいた。

と、松田は言った。

直良嫡男の直明《なおあきら》は、勘兵衛と同い歳の二十二歳、この江戸で秘密裏に生まれた。

実は直明が生まれたとき、父の直良は次つぎと嫡男に先立たれて齢《よわい》も五十を越えて

いた。

そのため兄である出雲松山藩の領主、松平直政《なおまさ》の次男である近栄《ちかよし》と養子縁組を結んだあとであった。

それゆえ、直明（幼名：左門《さもん》）の誕生はまことに微妙なものがあり、つねに暗殺の危機につきまとわれていた。

そんな危険をはらんでいたので、松田は懐妊中の側室である布利子《ふりこ》とともに雲隠れして、江戸・金六町《きんろくちょう》の寓居《ぐうきょ》に隠れ住んだ。

そして無事に生まれた左門君《さもんぎみ》が三歳になったとき、松田は敢然と越前大野の城下に向かったのである。

越前大野は、養子の松平近栄を次の藩主に、と推す一派の本拠地であったが、いざすぐ近くに藩主の実子に住み着かれてしまうと、かえって、あからさまには手が出せない。

松田の読みは、その点にあった。

こうして左門君の母子は、大野城二の丸曲輪《くるわ》内の松田屋敷に暮らしはじめた。

だがお布利の方の新生活は、僅かに四年で終わりを告げた。

二十九歳の若さで病死したのである。

以来、左門君は傅役《もりやく》の松田の手で育てられた。

その間、大野城下の底流では、近栄派、左門君派に分かれた、後継者争いが続いていたのである。

そして、ついに——。

左門君が十二歳になったとき、ようやく直良公は、左門君を世子《せし》と定めた。

松平近栄は、直良との養子縁組を解き、主だった近栄派とともに出雲の国へと帰っていったのだ。

これにより、左門君は名も直明と改め参府して、四代将軍、家綱《いえつな》の拝謁を受けた。

(それから十年……)

もし幕府から国帰りの許可が出れば、直明にとっては十年ぶりの帰国となるのだが——。

参勤交代の制の根底には、大名の妻子を人質にとっておく、という政治的な大原則があるから、たとえ父親が病気だからという理由でも、藩主も嫡男も揃って国帰りが許されるかどうか……。

あまり、例のないことであった。

だが、松田は、

――なに、我が家《いえ》は、御親藩《ごしんぱん》というだけではなく、御三家に次ぐ、将軍家にとっては近しい家だ。まず、お許しが出ることは、まちがいあるまい。

と、自信のほどを見せていた。

なにしろ、越前松平家の祖である結城秀康《ゆうきひでやす》は、そもそも神君家康《しんくんいえやす》の長男なのである。

(それは、そうには、ちがいあるまいが……)

松田のことだから、幕閣にもぬかりなく根まわしをおこなっているはずだ、と思う一方で、勘兵衛のうちには、なにやらもやもやとした不安のようなものが、漂っていたのである。

その理由を、ひとつあげるとすれば――。

若君の直明は、その幼少期の異常な体験のせいか、それとも母を幼くして亡くしたせいか、あるいは松田の育て方に問題があったのか、それとも天性《てんせい》のものなのか……。

学問を好まず、音曲《おんぎょく》や女色《じょしょく》を好み、ともすれば不品行に走って、醜状《しゅうじょう》を呈することが繰り返された。

そのため直良も、七十四歳という高齢になっても、なかなか隠居をして、後事を直明に託することをためらっている。

そんな直明を、今は直明の付家老と小姓組頭が厳しく目を光らせて律しているが、もしや国許で若君が、なにやら烏滸《おこ》の沙汰《さた》でも起こしはせぬか。

実のところ勘兵衛は、そのような心配が気持ちから離れないのであった。

2

江戸屋敷の角から、勘兵衛は愛宕下通りを捨てて右に曲がった。

道を挟んで向かいに続く海鼠《なまこ》壁は、大和《やまと》小泉藩一万二千石の江戸屋敷である。

つい昨年まで、勘兵衛はその屋敷前を数知れず通りながら、さしたる興味を示したことはない。

それが昨年の夏、勘兵衛は三年ぶりに里帰りしたが、その旅程の途中に古戦場で知られる賤ヶ岳《しずがたけ》に登った。

そして左に琵琶湖、右に余呉湖《よごのうみ》を見下ろしながら、かつて越前国を支配していた柴《しば》田勝家《たかついえ》と羽柴秀吉《はしばひでよし》の戦《いくさ》に思いを馳せたものだ。

その戦において豊臣方の、賤ヶ岳の七本槍の一人として名高い片桐且元《かたぎりかつもと》は、大坂夏の陣に際しては徳川方についたが、東軍勝利ののち二十日ばかりで突如の死を遂げた。

一説には、豊臣秀頼《ひでより》の助命を嘆願したが受け入れられず、責任を感じて自死したともいう。

いずれにしても片桐且元の家系は、そのときに絶えたが、その弟の貞隆《さだたか》は徳川家康によって大和の小泉に所領を与えられて、幕末まで続く大名家となった。

その片桐の屋敷が、すぐ真向かいにあることに、さしたる因縁はないけれど、勘兵衛は改めてのように、ひとと家の栄枯盛衰を心に浮かべ、我が主君の家を、どのように守り通すか、ということこそが、我が一生の務めだと信じている若者であった。

大名屋敷の間を縫う道は、打ってかわってひっそりとして人通りもない。

この道が秋田小路《あきたこうじ》と呼ばれるのは、明暦《めいれき》の大火で焼失するまで、突き当たりに陸奥《むつ》国三春《のくにみはる》藩五万石の秋田安房守《あわのかみ》の屋敷があったことに由来する。

だが、今の秋田小路の突き当たりは、越後の沢海《そうみ》藩一万石の江戸屋敷であった。

そこを、勘兵衛は左折した。

蛇足ではあろうが沢海藩は新発田《しばた》藩の支藩で、当主は三代目の溝口政良《みぞぐちまさよし》である。

ところがこれより十年後、これを継いだ領主が酒乱のため、沢海藩は改易されてしまった。

まさに、勘兵衛が屈託を抱えているとおり、御家の興亡は領主の人柄と行動にかかっている。

と同時に、いかに家臣が領主の軽挙妄動《けいきょもうどう》を食い止め得るか、が大事なのであった。

広小路に入ったばかりの勘兵衛の足は、溝口家上屋敷の角を右に入り、またまた突き当たりを左折して広小路に入った。

そしてまた、次の角を右折する。

このように葛折《つづらお》りに進む道は、江戸における枢要《すうよう》な武家地の特徴で、防衛上の観点から、わざとこのように作られているのだ。

愛宕下の上屋敷から五度も曲がって勘兵衛が向かう先は、露月町《ろげつちょう》裏の新しい町宿《ちょうしゅく》であった。

昨年の七月五日、里帰り中の勘兵衛は塩川《しおかわ》園枝と仮祝言を挙げた。

そののち園枝とその両親、それに勘兵衛の両親が揃って江戸に出てきた。

そして江戸留守居役である松田与左衛門《よざえもん》の仲立ちで、無事に本祝言を挙げたのは、九月も終わりのことであった。

園枝との婚姻のこともあり、以前の浅草猿屋町《さるやちょう》の町宿では手狭であろう、と松田が勘兵衛夫婦のために、新居として準備した町宿が露月町の民家であった。

土地のひとは、ろげつちょう、でなく、ろうげつちょう、と呼んでいる。

元は日比谷門内にあった老月町をここに移して、改字した名残《なごり》であろう。

場所としては、日本橋よりはじまる東海道として続く芝口南に位置して、以前の町宿に比べると江戸屋敷まで、ぐんと近くなった。

直線距離にすれば十町（約一キロメートル）とはあるまい。

――いやあ、町宿ではなく、江戸屋敷内に住むことになれば、どれほど窮屈かと心配をいたしておりましたが、ほんとうに、ようございました。

若党である新高八次郎《にいたかはちじろう》は、手放しの喜びようであったが、その点は勘兵衛も同感であった。

江戸屋敷には門限などの規律があって、御長屋住まいともなれば、これまでのように自由気ままな生活は送れない。

勘兵衛の場合、御耳役《おみみやく》という特殊な職掌のこともあって、町宿という制度が許されている。

ひとことでいえば、江戸の噂を広く集めるいわば諜報の御役なのであった。

しかし、園枝と夫婦となり家庭を持ったのち、勘兵衛の生活パターンは少しばかり変わった。

松田が言うには――。

――夫婦《めおと》というものは、二六時中、顔をつきあわせておるとろくなことはない。特に園枝どのはこれまで国許の城下に暮らし、御父君の城上がり、城下がりという生活に馴れておられる。そこへおまえが、これまでどおりの生活を続ければ、うちの旦那さまは、どのようなおつとめをしておるのか、などとの不審もおきよう。まあ、そういうことじゃから、園枝どのが、おまえの仕事がどのようなものか、だんだんに理解して慣れてくるまでは、城勤め同様に二日勤務の一日非番という体《てい》にして、これからは城勤めのように、我が役宅に通うことにするがよかろう、と思うぞ。

ということになって、勘兵衛は三日に二日の江戸屋敷勤めをはじめていた。

といって、これは園枝への建前で、勘兵衛がずっと松田の役宅にいるわけではない。途中で抜け出すのも自由なのだが、ときおりは松田自身の執務の手伝い、ということもはじまっていた。

思うに、我が大野藩を標的とした陰謀も、今や瓦解《がかい》したかに見える。

そこで松田は、そろそろ勘兵衛に江戸留守居役という仕事がどのようなものなのか、それを伝えておこう、という心づもりもあったようだ。

右手、仙台藩中屋敷から塀ごしに、咲き誇る桜木の枝が伸びている。

それを横目に眺めながら進む勘兵衛に、ふと潮の香りが届いてきた。

新しい町宿がある芝口南は、海からほど近いのである。

勘兵衛が、そうであったように、江戸にきて初めて海を目にした園枝は大いに喜び、その海から近い新居を気に入ったようだ。

勘兵衛も非番にあたる日は、園枝をあちこちに案内を兼ねて引っぱりまわしているが、園枝がいちばんの気に入りは、芝浜あたりから茫洋と広がる海を眺めることのように思える。

(そういえば、とっくに彼岸《ひがん》も開けたな)

今年の春は、二月も半ばで彼岸に入った。

その時期は大潮にあたり、一年のうちで、もっとも潮の満ち干が大きくて、海辺はずうーっと遠くまで干上がってしまう。

ぱらりっと潮干《しおひ》は人をまいたやう

と川柳にもあるように、そんな干潟での潮干狩りは、江戸に暮らすひとにとって、大きな楽しみのひとつとなっている。

まだ残念ながら勘兵衛に潮干狩りの経験はなかったが、今ならまだ間に合う時期であった。

それで――。

（園枝とともに……）

などとも思っている。

正式な夫婦となって、まだ五ヶ月とちょっと、勘兵衛にとって園枝は、もはや初恋のひとではなく、下世話に言う恋女房なのであった。

3

江戸・日本橋にはじまる東海道筋は、京橋、新橋（のち芝口橋）を過ぎて日比谷町（のち芝口）一丁目、二丁目、三丁目と続き、源助町《げんすけ》、露月町《ろげつ》、柴井町《しばい》と、江戸前の海岸近くを西へ西へと延びていく。

現代でいうなら第一京浜《けいひん》国道の、新橋から浜松町一丁目の交差点に続く道筋で、地下には都営浅草線が通るところに合致する。

その街道筋を表通りとすれば、一本西側を平行に続く裏新道は、西が武家地の片側町で、午後になると大名屋敷の樹木に陽が遮られるために、六町あわせて日陰町《ひかげちょう》と俗称されていた。

それで、この裏新道には日蔭町通りと名がついていて、昼夜を問わず大八車などの車の通行が禁止されているため、非常に閑静なところであった。

さて、勘兵衛が最後の角を曲がって日蔭町通りに入った露月町の新しい町宿は、大和新庄《しんじょう》藩一万三千石の上屋敷の、屋敷塀を向かいに見る二階屋である。

以前は、いずくかの大名に召し抱えられていた能脇師《のうわきし》が住んでいたところだそうで、家の造作にせよ、庭の造りなども、どこか風情のあるところであった。

このあたりの土地柄としては、元もとが少しずつ町並みを縮めて非常通路として通したところだから、たいがいは表店《おもてだな》の裏塀が続いている。

しかし、ところどころには、表店のご隠居の住居やら貸し家が散在して、能の笛師やら狂言師、あるいは琴や三弦などの師匠たちが住んでいた。

そんなひとつが、勘兵衛の新たな町宿となったのだ。

勘兵衛は、立板塀《たていたべい》に続く吹き抜け門から町宿に入った。

入ったところは石畳で、すぐ左手には竹製の丸窓菱垣《まるまどひがき》がある。

玄関に続く片開き引き戸を引く前に、勘兵衛は菱垣の丸窓から庭を確かめた。

新妻《にいづま》の園枝は、だんだんに春めいた近ごろに、縁側のところで裁縫をしていることが多かったが、きょうは姿が見えない。

それで引き戸を引いて入ると、玄関土間に見馴れぬ草履《ぞうり》があった。

それも、相当にちびている。

（客か……？）

思っていると、玄関先へ若党の八次郎が飛び出てきて、

「お、お帰りなさいませ」

左手で口を隠しながら、へどもどした声を出す。

「ま、あわてず、ゆっくりと嚙め。喉がつまるぞ」

口に、何やら入っているようだぞ、と見抜いた勘兵衛が言うと八次郎、ごくりと飲み込んでしまい、

「あ、もう大丈夫でございます。いや、実は到来物《とうらいもの》の〈助惣《すけそう》〉のご相伴《しょうばん》にあずかっておったものですから」

「なに、〈助惣〉……。すると客人は［冬瓜《とうがん》の次郎吉《じろきち》］か」

「はい、はい。半刻《はんとき》（一時間）ばかり前に、ふらりとやってまいりまして。それにしましても、ようおわかりになりましたな」

八次郎は驚いたような顔になったが……。

江戸名菓のひとつ〈助惣焼き〉は、水溶きした小麦粉を薄く焼き上げて餡《あん》を包んだ

もので、これは麹町《こうじまち》三丁目の［橘屋《たちばなや》］以外にはないし、出店もない。

それを手みやげにきた客で、しかも履きつぶしたような草履となれば、これは四ッ谷塩町に居を構える次郎吉以外にはない、と勘兵衛は考えたにすぎない。

そうこうしているうちにも、園枝も玄関先に出てきて、笑いを含んだような声で言う。

「旦那さまには、ずいぶんと変わったお知り合いが、たくさんおられまするな」

これまでにも、葭町《よしちょう》で割元《わりもと》（口入れ屋）を営む［千束屋《ちづかや》］の政次郎《まさじろう》親分とか、浅草界隈を縄張りとする六地蔵の親分やら、本庄《ほんじょう》（本所）の香具師《やし》の小頭《こがしら》で十手持ちの仁助《にすけ》親分などが、勘兵衛の婚儀の噂を聞きつけ、祝いに押しかけてきていたものだから、園枝が言うのももっともなのだ。

「ふむ……」

まずは八次郎に、腰のものを預けて玄関を上がり、

「以前より、なにかと世話をかけた御仁《ごじん》でな」

次郎吉がどのようなことを話したかわからないので、口を濁していると、

「昔は、野菜の棒手振《ぼてふ》りをしておられたとか、それを冬瓜《とうがん》の切り売りで当てて、今は髪結床《かみゆいどこ》の亭主におさまっている、と言うておられました。それで屋号が［冬瓜や］だ

とか。たいそうおもしろいお話を聞いておったところでございますよ」

「うん、うん。まあ、そういうことだ」

冬瓜ばかりでなく、味噌汁の実になるものを一人分一文で売る〈一文屋〉という商売を屋台店でやって大当たりをとって、そのあとは博奕場《ばくちば》の貸元《かしもと》となって、「冬瓜の次郎吉」の二つ名で裏街道を歩みはじめた。

そして火盗改《かとうあらた》めに捕縛されたが、遠島の流刑《るけい》を免れている。

（そこまで、話してはいまい）

いまは火付盗賊改方《ひつけとうぞくあらためかた》の付き人、すなわち密偵というのが次郎吉の素顔であった。

玄関先で羽織を脱いで園枝に預ける間にも、八次郎は勘兵衛から預かった刀剣を、突き当たりの勘兵衛の居室に運んでいった。

「で、二の間か」

「はい。それから茶菓を頂戴いたしました。あなたからも御礼を申しておいてください」

「お……、わかった」

園枝から、あなた、と呼ばれると、まだ、どぎまぎする勘兵衛である。

この町宿は、間口は広いが奥行きに欠ける。

玄関を入った板敷きは、すぐに居室に突き当たり、庭に沿って廊下が左に延びていく造りだ。

一階には部屋が四つあって、玄関のすぐ右側の三畳間は、若党である八次郎の控えの間であった。

そして玄関正面の六畳の居室を一の間、廊下に沿って八畳の居間兼客間を二の間と呼んで、六畳の奥の間と続いて、最奥に土間造りの台所がある。

羽織を手にした園枝とともに、勘兵衛が廊下を左に曲がりながら、

「用の折は呼ぶゆえに……」

小声で言うと、

「かしこまりました」

園枝は答えたのち、

「おひさに茶を運ばせましょうか」

おひさというのは、園枝の身のまわりの世話に、故郷の大野から連れてきた女中である。

塩川家の用人をしている榊原《さかきばら》清訓《きよのり》の末娘で、一度は嫁いだものの出戻ってきたおひさは、二十九歳だった。

それに飯炊きの長助《ちょうすけ》を加えると、総勢で五人が、この町宿に暮らしている。

「さほど喉も渇いておらぬゆえ、かまわぬでよい」

園枝はうなずき、そのまま、奥の間へと消えた。

それから居間に入ると、次郎吉は座敷に立ち上がっていて、中腰になって深ぶかと頭を下げた。

「突然に、こう、厚かましくも、まことに申し訳ございやせん」

「何を言う。こちらこそ、いずれは挨拶に出向くはずが、ついつい四ッ谷塩町までは行きそびれてな。そうしゃちほこばらずに、楽にしてくれ」

「へい。では、おことばに甘えまして」

素直に次郎吉は座布団に腰を落とし、

「それにしましても、人づてには聞いておりましたが、その……」

小声になって、

「なんと申せばよろしいか、羞月閉花《しゅうげつへいか》、といいやすか、それとも沈魚落雁《ちんぎょらくがん》、と申しやすか……。いやあ……」

どうやら、園枝の美貌を誉めているらしい。

「おい、おい、いくらにも、それは誉めすぎというものだろう」

「とんでもござんせん。なにより, 物腰といい、気さくなお人柄といい、いや、うちの嬶《かか》ァに爪の垢でも飲ませてやりたいくらいで」

「おう、お春《はる》さんには変わりはないか」

「へい、気が強いばかりで、どう変わりようもございやせんよ。まあ、あれですな。変わったといえば、近ごろ、ぷくっと腹が膨れてきやがった」

「なに……、それは、もしや……」

「へへぇ、いや、恥ずかしながら……」

子ができたらしい。

「それは、めでたいではないか」

「いやあ、あいつと夫婦になって、もう六年……。半分がとこは、あきらめかけていたんですがねえ」

次郎吉には珍しく、さかんに照れている。

「いや。それにしてもめでたい話だ。で、いつごろ生まれるんだ」

「まだふた月か、そこらも先でござんすよ。それより、きょう、こうして押しかけましたのは……」

「ふむ」

「もう以前の……、一昨昨年《さきおととし》のことでござんすがね……」

「一昨昨年……?」

「へえ、麴町の［武蔵屋］という居酒屋のことを覚えておられますかい」

「おう、あのときには世話をかけた。越後高田の……。ふむ、獅子《しし》ことばの飛び交う居酒屋であったな」

越後弁のことを越後獅子に引っ掛けて、獅子ことばと言ったのは、この次郎吉であった。

「実は昨夜、その［武蔵屋］で一杯やりましたところ、珍しい男を見かけやしてね。ほれ、六尺は越えようという大男で、ここんところに……」

次郎吉が左手の甲を指さした。

「おう、鶉《うずら》の卵ほどの黒痣《くろあざ》がある男か」

「へい、そやつで……。まちげぇござんせん」

「ふうむ、あの男が江戸にか……」

「へい、様子から察するに、近ごろ出てきたばかりのようでござんしてね。これは、お耳に入れておいたほうがよかろうか、と思いやして」

「そうか。いや、わざわざ、それはすまぬことだったな」

答えて勘兵衛は、首を傾げた。

4

三年も前の記憶が、まざまざと勘兵衛の脳裏によみがえった。

あれは忘れもしない、三年前の七月のことだ。

そのころ勘兵衛は、ひょんななりゆきから敵対した剣客、嵯峨野典膳《さがのてんぜん》の襲撃を受けて、これを斃《たお》したものの手傷を受けたばかりであった。

そんなとき勘兵衛は、愛宕下の江戸屋敷を秘かに見張っている賊の一団に気づいたのである。

そしてその一団のなかの一人が、六尺豊かな大男で、左の手の甲に黒痣を持つ男であった。

事の始まりは、越前福井藩主であった松平光通《みつみち》の隠し子であった直堅《なおかた》（当時は権蔵《ごんぞう》）が故郷を出奔《しゅっぽん》したことにある。

直堅は、大叔父にあたる勘兵衛の主君である直良を頼って、愛宕下の江戸屋敷に秘かに匿われていたのだが、直良が光通、直堅父子の間を取り持つより早く、短慮にも光通は自害してしまった。

そこで福井藩では、光通の遺言によって跡目を、腹違いの弟である昌親《まさちか》と定めたのであるが、これに不満を覚えた直堅が、自分の居場所を明らかにしたため、一騒動が持ち上がった。

隠し子だったとはいえ、直堅は光通の実子であることは明らかである。

それで、直堅こそが正嫡であろう、と藩論は割れて、ついには続ぞくと脱藩の藩士が江戸の直堅のもとに集結をしはじめた。

この事態に、江戸留守居役の松田は素早く反応し、勘兵衛に手配させて、秘かに直堅の身柄を向島中之郷《むこうじまなかのごう》の押上村《おしあげむら》に隠し終えている。

そうとは気づかず、江戸屋敷を見張る賊の一団は、脱藩の藩士を取り押さえるのが目的か、あるいは隙あらば直堅を暗殺しようとする福井藩の手の者であろう、と思われたのだが――。

そうでは、なかった。

その情報を最初に勘兵衛にもたらしたのは、芝・増上寺の掃除番である菊池兵衛《きくちひょうえ》であった。

この菊池、実は大目付直属の黒鍬者《くろくわもの》であるのだが、なんと賊たちは、直堅暗殺をもくろむ越後高田の者であろう、と言うのである。

越後高田の領主は松平光長《みつなが》といって、本来ならば越前松平家の直系の三代目を受け継ぐはずが、父の忠直卿《ただなおきょう》が罪を得たため、福井の地より越後高田へと移封させられてしまった。

では、なぜ、その越後高田の光長が直堅の命を狙うのか——。

それには、どうして直堅が、世間からひた隠しにされる隠し子になったのか、という秘密を明かさねばならない。

本来ならば、越前松平家の本家であったはずの自分が……、という思いを越後高田の光長は捨てきれなかった。

それで、せめて自分の血筋を本貫《ほんかん》の地に、と考えた光長は、越前福井の四代目当主で従弟にあたる光通に、自分の娘である国姫《くにひめ》を娶《めあわ》せる、という縁談を早くから進めていた。

しかし、光長による越前福井への干渉を危険視した幕府や、福井藩内の重臣たちの防御策によって、婚姻はなかなか実現できずにいた。

しかし光長の母である勝姫《かつひめ》は、二代将軍である徳川秀忠《とくがわひでただ》の娘で、強力な威光を放つ存在であったから、ついに光通と国姫の婚姻が成ったのが寛文《かんぶん》五年（一六六五）、両名が揃って十九歳のときであったという。

ところがその翌年、光通の側室であるお三が男児を産んだ。

それが直堅である。

そのとき光通は、さすがに正室の国姫を憚り、生まれた赤児を城下から遠ざけ、家老の永見《ながみ》氏に預けて養育させることにした。

だが、そのような画策が漏れないはずはない。

妾腹《めかけばら》で光通が男児を得た、と知った舅《しゅうと》の光長も、叔母にあたる勝姫も激怒した。

わけても、江戸において［高田殿］と呼ばれる勝姫は勝ち気で知られ、神君家康公の内孫ということもあって、隠然たる政治力を持っていた。

その圧力は、光通に大いなる脅威としてのしかかったようだ。

その結果――。

ついに光通は「自分に隠し子などいない」という起請文《きしょうもん》を幕府に提出するまでに追い込まれた。

その時点で、まだ赤児でしかなかった直堅の存在は、実父からも否定され、宙に浮かぶあやふやな幻のようなものになってしまった。

結局のところ光通は、正室である国姫との間にできた男児を嫡子とせよ、と強要されていたのである。

それで国姫との間に世継が生まれれば、事は無事におさまったであろうが、そうはならぬのが、人の世の皮肉というものであろうか。

その年のうちにも国姫は懐妊、だが翌年生まれたのは女児で、布与姫《ふよ》と名づけられた。

それから数年のちに、再び生まれたのは、またも女児である。

しかも市《いち》姫と名づけられた次女は、はかなくも早世をして、国姫にはその後も男児に恵まれることはなかった。

実は、祖母や実父によって夫に加えられた重石《おもいし》は、国姫にとっても大いなる心の負担となっていた。

実家の過度な介入によって、夫との仲も気まずいものとなっていたし、祖母や父の期待にも添えない。

そしていよいよ三十五歳になった寛文十一年（一六七一）、国姫は、もはや男児は望めぬと覚悟を決めて自害をしたのである。

そんな悲劇に、またまた［高田殿］と光長は激怒した。

その翌年、［高田殿］は死去した。

噂では、憤死《ふんし》、といわれている。

そして必ずや、隠し子の直堅を討て、と遺言したとも伝えられる。

その噂を、直堅も耳にした。

刺客が放たれた、とも聞いた。

しかし、実父の光通が自分を守ってくれそうな気配はない。

それで直堅は、故郷の福井を出奔したのである。

まさに人生というのは、目論見《もくろみ》どおりには進まず、サイコロの出目《でめ》次第のように変《へん》化《げ》する。

（はてさて……）

勘兵衛は、胸のうちにつぶやいた。

あのとき、愛宕下の江戸屋敷を見張る謎の一団が、まさしく越後高田から放たれた刺客たちであることを突き止めたのが、目前に座る［冬瓜の次郎吉］であった。

（そして、その決着は……）

この自分の手で、つけたはずだ、と勘兵衛は改めてのように自分の胸に落とした。

自ら越後高田藩の江戸下屋敷に乗り込んで、今後、直堅には手を出さない、という一札《いっさつ》を得ていたのである。

（しかし、あのときの、暗殺団の一員が……）

再び、江戸に姿を現わしたという。

そして、次郎吉がその男を見かけたという麹町の［武蔵屋］は、半蔵門外にある越後高田藩の下屋敷や御家中《ごかちゅう》屋敷に近く、多くの越後侍が出入りする居酒屋であった。

次郎吉が言った。

「よろしければ、ちょいと様子を探ってみましょうかい」

「ふむ。そうだなあ……」

（はて、どうしたものか）

勘兵衛は、なおも熟考した。

思えば越後高田においては昨年の春、城下に大火があって、武家屋敷が二百戸ばかりと、三十六町が焼け落ちたと聞いていた。

そのため越後高田には幕府から扶助米が出され、国帰り中であった光長の参府は一年延期されている。

（すると……）

この時期、おそらく光長は参勤の準備中で、江戸到着は来月あたりになるのではなかろうか。

つまりは、次郎吉が知らせてきた男は、それに先だっての使者である、とも考えられる。

（まさか、再び直堅さまに手を出すとも思えぬが……）

そう考える一方で、なにかが引っかかるような気分もあった。

勘兵衛は答えた。

「次郎吉さんの親切はかたじけないが、そうそう手を患わせては申し訳ない。わたしのほうでも、いま少し見極めをつけてみたいと思う。それで監視が必要とあらば、改めて次郎吉さんにお願いをいたしましょう」

「そうですかい。遠慮はなしですぜ」

「そのときには、よろしく頼む」

こうして次郎吉は帰っていった。

5

翌日、勘兵衛は、次郎吉からもたらされた情報を松田に告げた。

松田も、しばらく思いを凝らしていたようだが、

「なに、取り立てのこともあるまい」

「はい。わたしにもたまたまのことと思われますが……」

「ま、気になるとすれば、あのときの一団が、小栗美作《おぐりみまさか》の手の者たちであった、という点であろうな」

「あ……！」

松田のなにげないひとことが、勘兵衛の胸のしこりをつついたようだ。

小栗美作は、越後高田の国家老である。

それで、改めてのように勘兵衛は、昨夕、自分のうちに引っかかっていたものの正体に気づいたのだった。

「いかが、いたした」

松田が尋ねてくるのに、

「はい、以前に申し上げたと思いますが、例の一団の正体を示唆してくれたのは、増上寺掃除番の……」

「菊池どのであったな」

「はい。あのとき菊池どのは、麴町の［武蔵屋］という居酒屋が、越後高田の家中《かちゆう》屋敷に住む者たちの溜まり場で、例の大男が、そこで頸城《くびき》の又者といわれて諍《いさか》いを起こしていた……というようなことを話してくれたのです」

「ふむ、ふむ。なるほど、頸城といえば、まさに美作の知行地にちがいはないぞ」

「なにやら越後高田の制は、我らとはちがい、特殊な制になっているそうでございますな」

「つまり越後高田では、武士団の中枢を占めているのが七人の侍大将で、その侍大将の元には召し抱えの与力がいて、その与力がそれぞれの武士団を形成している。たとえば小栗美作の場合なら、与力六十騎を抱えて、知行地一万七千石のうち、一万二千石を抱えの与力たちに給しているのであった。

　それではまるで、それぞれの侍大将が独立した大名のようなもので、ならばその与力たちは越後高田藩の陪臣かというと、それがそうでもないらしい。

「ずっと昔の、寄親《よりおや》、寄子《よりこ》の制が、そのまんまに残っておるような、古くさい制にはちがいないがな……」

　松田も言って、

「で、それが、どうしたというのじゃ」

「いえ、きのう次郎吉が、例の大男を見かけたと知らせてきたとき、わたしは、光長さま参勤の前触れの使いにでも、江戸に出てきたのでもあろうか、などと軽く考えておりましたが、あの大男が小栗美作の手の者ならば、なにやら、ほかの目的でもあるのではなかろうか、と……」

「ふむ。まあ、美作と聞いて、おまえが過敏になる気持ちはわからぬではないが、少し考えすぎではなかろうかの」

「はあ」

今や、もう、瓦解したかに思えるが、我が越前大野藩を標的にした陰謀には、大いに苦しめられた勘兵衛である。

その陰謀の首謀者というのが小栗美作で、それに大老の酒井忠清《さかいただきよ》、さらには先の越前福井藩主であった松平忠昌《ただまさ》までが乗っかって進められた陰謀であったのだ。

「ま、念のためでございます。これから神谷町《かみやちょう》の様子を見てこようかと思いますが」

と勘兵衛が言うと、

「ふむ、権蔵のところへのう」

打てば響くように言って、松田はうなずいた。

松田が、いまだに権蔵と呼ぶのは、かつて、この江戸屋敷に匿われていた松平直堅のことである。

その直堅は、松田や勘兵衛たちの努力が実り、二年前の五月に将軍家綱の謁見を得て、正式に越前松平家の一員として認知された。
それでとりあえず、西久保《にしくぼ》神谷町の貸し屋敷に居を構えていたのである。

疑惑の反古《ほご》

1

西久保は愛宕下からいうと、愛宕権現社の裏側付近より、増上寺の西にかけての一帯にあたる。

勘兵衛は、江戸屋敷を出たあと増上寺北端の広度院《こうどいん》御本坊（徳川家の菩提寺）の北側から、芝切り通しの登り道に入った。

ここは、いつも人通りの絶えない道であった。

沿道は桜並木となっていて、八分咲きに春の陽光を浴びている。

行く人びとの表情も明るい。

時の鐘がある青龍寺《せいりゅうじ》を過ぎると、道は二手に分かれて、ゆるい下り坂となる。

左へ行けば麻布や三田方面で、その下り坂の途中には、人出を見込んでの見世物小屋や古着屋が並ぶ繁華なところとなっていた。

一方、勘兵衛が進む右の下り坂は、対照的に閑散とした道だ。

（あれは、もう一年半も前か……）

胸のうちで数えて、

（つい、この間のようであった気もするが……）

過ぎゆく月日の速さを、勘兵衛は改めてのように思う。

その一年半前の九月、勘兵衛が神谷町にある松平直堅の屋敷を、初めて訪ねたときのことである。

といって、その屋敷に格別の用があったわけではない。

あまり思い出したくない記憶がある。

当時、勘兵衛をつけまわすやくざ者の一団がいた。

その陰に、勘兵衛を仇《かたき》と狙う、若君の元小姓であった林田久次郎《はやしだきゅうじろう》が潜んでいたのだ。

（…………）

西久保への切り通し坂を下り終えたところが、三叉路になっている。

勘兵衛はそこで足を止め、右手に延びていく道を望んだ。

その先に、今も、あの土取場《つちとりば》の原はあった。

日ごと日ごと行く先ざき、しつこく勘兵衛のあとをつけてくるやくざ者に、

(そろそろ、決着をつけてやろう)

業を煮やした勘兵衛は、あの土取場を決闘の場所に選び、その原でやくざ者たちに襲撃をかけさせようともくろんだのだった。

それで、敵をおびき寄せるために、わざと神谷町の松平直堅の屋敷を訪ね、日暮れ過ぎまで滞在したのだ。

(たしか、丹石流《たんせき》の三谷藤馬《みたにとうま》と名乗ったな)

やくざ者の用心棒のうちでも、いちばん腕が立つ人物に狙いを定めて討ち取ることで、やくざ者たちは戦意を喪失して、ちりぢりに逃げた。

(それから……)

その後のことは、できれば忘れたい。

甦る過去に自ら蓋をして、勘兵衛は北東の土取場に向けて小さく一礼をしたのち、逆の左側への道を辿りはじめた。

そのあたりが神谷町の両側町で、先のほうでは飯倉町に繋がる。

左右に目を配りながら、勘兵衛はゆっくりと進んだ。

左手は光明寺《こうみょうじ》、さらには専光寺《せんこうじ》の門前町で、特に念を入れたが、怪しい人影は見当たらない。

さらに右手の大養寺《だいようじ》の門前あたりも、確かめた。

次には、西久保の総鎮守である西久保《にしのくぼ》八幡宮の普門院《ふもんいん》門前町、ここには艾《もぐさ》問屋の[吉野屋]がある。

その大店《おおだな》の真向かいに、松平直堅の屋敷はあった。

屋敷といっても、元からの武家屋敷ではない。

幕府から屋敷を賜わることもなく、あくまで仮の住み処として探し出してきた、町地にあった三百坪ほどの屋敷を借りて、手を入れたものであった。

（ふむ……）

屋敷の門前に、以前はいなかった門番の姿が見受けられる。

一年半前に、勘兵衛が訪れたときに松平直堅は、越前松平家の一員と認知されたものの、幕府から給される捨て扶持は、僅かに五百俵にすぎず、この屋敷に住む家士も二十名ほどの陣容でしかなかった。

だが、その後に五千俵を賜わるようになって、家士の数も五十名を超えたときいている。

五千俵といえば、五千石の大身旗本に匹敵するのだが、いまだ屋敷を賜わるまでにはいたらず、いかにも手狭な暮らしぶりである、とは、ほかならぬ［千束屋］の政次郎から聞いていた。

実は政次郎の娘のおしずが、この直堅の屋敷に女中奉公に上がった、とも聞き及んでいる。

勘兵衛の足は、だが、直堅の屋敷には向かわず、さらに先へと歩を進めている。

まずは、西久保八幡宮の門前を確かめるつもりであった。

西久保八幡宮の別当は、東叡山の末寺である養願寺《ようがんじ》普門院で社地は千二百坪、もし直堅の屋敷を見張る者があれば、そこの山門付近がいちばん怪しかろう、と勘兵衛は思っていた。

これといって、怪しむべき人影はない。

だが、念には念を入れて勘兵衛は、その山門をくぐった。

くぐった先で右、左に階段坂が現われる。

右側が男坂で、はるか上方には鳥居が立つ。

左側が女坂で、境内へと至るのだ。

「………」

午前の柔らかな陽光に照らされる階段坂をしばし見上げたのち、勘兵衛は踵《きびす》を返した。

これといった異変は感じられない。

越後から、あの大男が江戸に舞い戻ってきたということは、再び直堅に害をなそうというのであろうか——とも疑ったが……。

(やはり、思い過ごしか)

だが、ここまで足を伸ばしてきながら、引き返すというのも芸がない。

(やはり、比企《ひき》どのに会って……)

一応の注意は喚起しておくべきであろう。

比企藤四郎《とうしろう》は、直堅が江戸にいると知って、いちはやく越前福井を脱藩した人物だ。

奇妙な縁で、しばらく勘兵衛の、以前の猿屋町の町宿にも滞在している。

その比企が、今は、新たに立った松平直堅家の家老のような地位についていた。

「比企藤四郎どのにお会いしたいのだが」

勘兵衛が門番に告げると、

「なに、ご用人様にか。して、どちらさまで、ござろう」

おそらくは近ごろに雇い入れられたらしい門番は、厳《いか》めしく答えた。

比企はご用人、と呼ばれているようだ。

「これは失礼した。落合勘兵衛と申す。越前大野藩の者だ」

「あ、しばらくお待ちくだされ」

さすがに勘兵衛の顔を知らない門番も、大野藩が直堅の後見《こうけん》であることくらいは知っているらしい。

知行地こそないが、五千俵取りともなれば旗本同様に、松平直堅も式日には江戸城に登城をしなければならない。

それで、儀礼や、しきたりやら供揃えやらの教えを請いに、愛宕下の江戸屋敷へやってくるし、江戸屋敷からも奏者《そうじゃ》の役の者が、しばしば、この屋敷を訪れていたのである。

やがて、比企藤四郎自身が、駆け出るようにやってきた。

「やあ、これは珍しい。いや、よう来られた。よう来てくださった」

比企は勘兵衛を抱きかかえるようにして勘兵衛の肩を手で叩き、全身に喜びをみなぎらせている。

「無沙汰をいたした。ちと、お耳に入れておきたいことがございましてな」

「無沙汰は、こちらこそだ。ときおりは愛宕下の御屋敷に参っておるのだが、なかなか勘兵衛どのには出会えぬ。ついつい忙しさにかまけて、まことに申し訳ないことじゃ。いや、とにかく、とにかく……」

比企は、勘兵衛を抱きかかえ込むような恰好のまま、屋敷に請じ入れようとした。

「いや、それには及びません。少しばかり比企さんのお耳に入れたいことがありましてな」

勘兵衛が訪ねてきたと知ると、松平直堅をはじめ古くからの面面が、大いに歓待をしようとするだろうが、それが勘兵衛には気重だった。

2

勘兵衛の気持ちを察したらしい比企が、

「では、八幡様の境内ででもお話を伺おうか」

結局は、二人して西久保八幡の男坂を登ることになった。

道道に比企が、口ごもるように勘兵衛の婚礼の祝いを述べて、

「まことに心苦しく思うていたところです」

祝いの使者も立てられなかったことを詫びてきた。

「なに、江戸にては、ごく身内だけですませたもので、お知らせもできずに、かえって失礼をいたしました。それより、なにかとお忙しいのではありませぬか」

「はあ、五千俵を賜わって、どうにか一息をつきましたものの、あのような借り屋敷では体裁も調わず、なんとかせねばと、気ばかりが焦りましてな」

そんな四方山《よもやま》話をするうちにも、階段坂を上り終え、鳥居をくぐって境内に入った。

高台の境内には葦簀《よしず》張りの水茶屋が何軒かあった。

まだ若木の山桜の枝に〈お休み処〉と［さくら茶屋］の文字が入る吊り行燈《あんどん》を吊るした水茶屋の床几《しょうぎ》に、二人は腰かけた。

南に飯倉や、三田の町並みを見下ろす位置であった。

「やあ、よい眺めだ」

ずっと先に、うらうらとした陽光の下、のどかな春の海が広がっていた。

やがて注文の桜湯が運ばれてきたのち、

「さっそくですが……」

勘兵衛は、近ごろ、屋敷まわりに異変はないか、と比企に尋ねた。

「はて……」

やや訝《いぶ》かしげな声になって、

「なにやら、ござったか」

比企が逆に問い返してきた。

「いや、なにごともなければ、それに越したことはないのです。いや、ほかでもない」

勘兵衛は、次郎吉からの報告を告げた。

「ふうむ……」

比企はしばらく考えたのち、

「今のところ心当たりはござらぬが、いや十分に注意をいたそう。よくぞお知らせくだされた」

「ま、思い過ごしかもしれませぬが……。すでに直堅さまが越前松平家の一員と認知されたのに、今さら手出しをしても越後高田が得るものなど、ひとつとてないはずですからな」

「そのはずですが……」

比企は、なおも考えをめぐらせた様子で、ことばを押し出した。

「肝心の福井のほうも、すでに代替わりをしておりますからなあ」

比企の口調には、無念さがこもっていた。

「さぞ、比企さんがたには残念でございましたでしょうが」

「ま、残念は残念でございましたが、僅かに五百俵の捨て扶持が、五千俵になったとき、あるいは……と覚悟はいたしておりましたでな」

そのことばに、勘兵衛は黙ってうなずくほかはない。

というのも――。

隠し子であった松平直堅の出奔を苦にして、実父である光通は自害した。

その際、後継者には腹違いの弟、昌親を指名している。

ところが庶子とはいえ、直堅という実子があるばかりか、光通には、庶兄の昌勝《まさかつ》がいた。それも、昌勝は昌親にとって実の兄にあたるのだ。

それで越前福井では、嫡統の順の正当性を巡って、三つ巴の争いが続くことになった。

一年を経ても、なお内政が混沌状態に陥ったままおさまらない。

それでついに昨年の七月になって、福井の五代目藩主昌親は、実兄の嫡男である綱《つな》昌《まさ》に藩主の座を譲り渡して、混乱を収めることにして、幕府もこれを了承した。

つまりは、松平直堅を正統なる後継者と信じ、脱藩をしてまで直堅のもとへ馳せ参じた、比企をはじめとする面面の望みは、音もなく瓦解したことになる。

比企は、さらにことばを重ねた。

「というて、このまま引き下がるわけにはまいりませんでな。殿を越前松平家の一員と認めながら、たった五千俵の旗本並みですまされてはかなわぬ。せめて越前のうちに所領地を賜わるべく、日夜、幕閣への工作を進めておるところでござる」

「さようか……」

比企の顔には、決然とした意志が浮かんでいる。

直堅を越前福井の領主にする夢はあきらめたが、比企はなお、新たな立藩を模索しているようだ。

(さぞかし、気苦労であろうな)

勘兵衛は、比企の立場を思いやった。

松平光通が越後高田の松平光長の圧力に屈して、庶子の直堅が隠し子にされるという運命のいたずらさえなければ、直堅は、あるいは福井四十五万石の領主の座についていたかもしれない。

それが、知行地も持たない五千俵では、あまりに理不尽、いや不条理と感じる比企の心情は察するに余りある。

（しかし……）

勘兵衛が、この数年、我が五万石の御家を守りぬくために費やした苦労を思うとき、逆に新たな立藩を志す比企の行く手の困難さも、また想像するに余りある、のであった。

「それより比企さん……」

ふと息苦しささえ感じて、勘兵衛は話題を変えようとした。

「ふむ」

比企が勘兵衛を見た。

「その後、故郷のお父上とは……？」

「ううむ」

比企は勘兵衛から逸らせた目を、手にした桜湯茶碗に落とした。

比企藤四郎の父は義重《よししげ》といい、越前福井で四百石の御先《おんさき》武頭《ぶがしら》まで務めた人物である。その義重が隠居して、跡目を継いだ藤四郎は御使番の職にあったが、直堅を慕って脱藩に至った。

それで比企の家は改易となっている。

福井に残った比企義重が、脱藩中の伜である比企藤四郎と連絡をとりたい、という願いは、まわりまわって勘兵衛から比企に伝えられている。

それに対して比企は、故郷の父に、一族揃って江戸に来られたし、との書状を送ったそうだが、その後のことは勘兵衛も知らない。

桜湯茶碗を静かに床几に置いたあと、比企はまっすぐに勘兵衛を見た。

「実は……」

「はい」

「まだ、ここだけの話ではあるが、御老中の稲葉《いなば》さまから内内の話がござっての」

「美濃守《みののかみ》さまから……」

稲葉美濃守正則《まさのり》は、縁あって、勘兵衛に好意を寄せる老中であった。

「年内には、我が殿に大名の格式を賜わるよう取りはからうつもりゆえ、今しばし、隠忍自重せよとのことでござった」

「なんと……」

勘兵衛は息を呑み、

「それは、ようござった。比企さんの苦労も、ようやく実るのでございますな」

ふいに目頭が熱くなった。

「いや、いや、まだ絵に描いた餅も同様、油断はできませぬがな」

言いながらも、比企の表情が晴れやかになった。

「いや、美濃守さまが、そうおっしゃるなら、ただの空世辞《からせじ》とも思えませぬが……」

「そうであってほしい、と思うておる。勘兵衛どのにも、いかい世話をおかけしたが、そのことの決着がついたのちに、父上にお会いしようかと考えておるところだ」

「そうでしたか。よい首尾を祈っておりますぞ」

「重ね重ね、ありがたい。そうそう、それよりもな」

比企の口調が変わり、やや笑いを含んだ声音になった。

「実は、おしずさんのことだ」

「おしずさん……。なにかございましたか」

「いや、いや、ありゃあ、たいした娘でございますなあ。さすがは［千束屋］政次郎の娘だけのことはある」

比企の話によれば、おしずが屋敷に女中奉公に上がるや、奥向きのあれこれを、たちまちのうちにとりさばいて、いつの間にか女中頭のような位置に着いてしまったそうな。

「ははあ……」

「おまけに、殿をも、ぽんぽんと小気味よく叱りつけてな。わがままや贅沢を許させぬ」

「え……、叱りつける?」

「はいはい。我らとしては、大いに助かっております。あれは、世間で言う、亭主を尻に敷く、という口でありますな」

「え、すると、まさか……」

勘兵衛は目を剝いた。

「その、まさかでございましてな。女中にきてすぐ、殿さまの手がついたというわけで……」

「なんと……」

呆然とするしかない。

「いや、いや、おかげで御内証を切りつめてくださるは、出入りの商人たちとの駆け引きも巧みで、拙者としては大いに助かっております」

「そうですか」

思えば、荒くれ男が出入りする割元［千束屋］の奥向きを、少女のころから取り仕切っていたのがおしずであった。

「で、新保《しんぼ》さまのほうはいかがか?」

そのおしずを我が御女中にと、父親の政次郎のところへ頼みにいったのが、元は政次郎の元で用心棒をしていた剣客の新保龍興《たつおき》である。

「お元気でござる。屋敷内に、狭いながらも道場を作ってな。家士たちの剣術指南をお願いしておる」

「さようか。で、ご子息の龍平《りゅうへい》さんは」

「もちろん、元気じゃ。さすがに火風斎《かふうさい》先生の孫だけのことはある。わずか十三歳ながら剣の腕は抜群、将来が楽しみでござるよ」

「そうですか……」

新保父子の近況に、勘兵衛は目を細めた。

(ならば、そろそろ……)

そんな思いが兆している。

あれは三年前の六月のことであったが——。

勘兵衛が道場帰りに、行き倒れた老剣客を助けて、以前の猿屋町の町宿に運んだことがある。

名を百笑《どうめき》火風斎といって、片山伯耆守《かたやまほうきのかみ》に学んで伯耆流免許皆伝を得たあと、故郷の大和吉野に戻ったのちは、自ら〈百笑流〉と名づけた剣法を編み出した剣客であった。

その火風斎が吉野から出てきたのは、病んで余命幾ばくもないと悟り、秘奥の剣技を江戸に修行に出した娘婿に伝えるためだ。

その娘婿が新保龍興であったのだが、勘兵衛が、その行方を突き止めたとき、新保は妻に先立たれて酒に溺れ、身を持ち崩していた。

そのことを知った火風斎は、いずれ新保が立ち直ることがあれば、と娘婿に伝えるはずだった秘剣〈残月の剣〉を勘兵衛に伝えて、この世を去ったのである。

一方、新保は自堕落な生活から立ち直り、〈火風流〉を唱えて松平直堅家の剣術指南となった。

（あの秘剣を、新保さんに伝えるべき機も熟したのではないか……）

すぐ傍らに咲く若木の桜を目に入れながら、勘兵衛は言った。

「近いうちにご連絡を差し上げますが、お会いしたいと申しておった、と新保さんにお伝えいただけますか」

「承知した」

この春のうちにも、と思う勘兵衛であったが、花に嵐のたとえにも似て、勘兵衛の行く手には波乱が近づきつつあったのである。

3

翌日のことである。

夕刻に町宿へ戻る道すがら、仙台藩中屋敷の桜が、風に吹かれてちらほらと花びらを舞わせていた。

それを見て勘兵衛は――。

(急がねばならぬな)

明日あたり園枝と遠出して、例の木母寺へ花見に行こうか、と思いついたのだが――。

露月町の町宿に着き、いつものように丸窓菱垣から庭を覗いたが、園枝の姿はなかった。

引き戸を引いて玄関先に立つと、いつもなら足音を聞きつけて飛び出してくる八次郎が迎えに出ない。

「戻ったぞ」

そこで勘兵衛は、声をかけて玄関を上がった。

園枝が、姿を現わし、

「お帰りなさいませ」

「うむ。八次郎は出かけておるのか」

「はい。つい先ほど、おひさと一緒に使いに出しました」

おひさが江戸の地理に馴れるよう、機会あるごとに八次郎が同行している。

「そうか」

「実は先刻、「和泉屋」の番頭さんが、お使いでこられていたのですよ」

と園枝が言う。

「なに、「和泉屋」の番頭が……」

「和泉屋」は麴町三丁目にある紙問屋だが、昨年の三月、勘兵衛が堀田原で捨て子を拾ったことから知り合った人物だ。

というのも——。

市ヶ谷御門外に屋敷がある大御番《おおごばん》組頭の小笠原久左衛門《おがさわらきゆうざえもん》は、妻の八重《やえ》との間にもうけた嫡男を喪ったが、入れ替わりのように、妾のよしのとの間に男児を得た。

ところが八重は、実家の弟を小笠原家の養子に迎えるべく奸計《かんけい》をめぐらせていた。

それで小笠原が京在番として江戸を旅立った時期を狙い、よしのと男児を秘かに始末しようともくろんだのである。

しかし危ういところに、よしの機転で、赤児だけはかろうじて魔手を逃れ、いかなる巡り合わせか、勘兵衛によって拾われることになったのだ。

そのよしのは、実の名をおよしといって、麴町三丁目で紙問屋を営む［和泉屋］忠右衛門の娘であった。

およしはすでに殺されていたが、孫を助けてもらった恩義を感じてか、以来、事あるごとに［和泉屋］の番頭が、なにがしかの品を携えて勘兵衛のところに挨拶にやってくるようになった。

昨年の盆には勘兵衛は帰郷中であったが、［和泉屋］が挨拶にやってきたとは、留守を守る飯炊きの長助から聞いている。

その後の八朔《はっさく》の挨拶に続き、この町宿に移ったのちにも、昨年の暮れと、今年の新年にも番頭が挨拶にやってきた。

それで園枝も、あの捨て子に関わる事件のことは知っている。

「で、どのような用向きだったんだ」

「はい。明日にも、［和泉屋］の主がご挨拶にまかりこしたいとのことで、旦那さまの都合のほどを尋ねにまいったのです。勝手ではございましたが、明日なら主人は非番ですからとお答えしておきました」

「ううむ……」

「あら、都合が悪うございましたか。それならすぐにも、八次郎が戻り次第、お断わりの使いを出しますけれど……」

勘兵衛の心の動きを探り当てたように園枝が言った。

「いや、いや、そうではない」

「ほんとうに……。なにか、別のお約束でもあったのではございませぬか」

不安げなまなざしを向けてくる園枝に、勘兵衛はにっこり笑い、

「そうではない。盆暮れや八朔でもなし、いったい、今度はなんの挨拶であろうかと思うてな」

勘兵衛は、園枝を傷つけぬよう言いつくろった。

木母寺まで出かけずとも、花見なら、近間でもすませられるのだ。

「ああ、それでしたら、ちょうど昨年のきょうが、旦那さまが七宝丸《しちほうまる》ちゃんを拾った日だそうですよ」

［和泉屋］忠右衛門には孫にあたる赤児の名が七宝丸であった。

その七宝丸は、小揚町に住む指物《さしもの》職人の長次《ちょうじ》とおたるの夫婦の元に預けられて、

健やかに育っている。

「ほう……、そうだったか、あれは、きょうのことであったか」

日にちまでは覚えていなかったが、そう言われるとそうかもしれない。

「はい。八次郎にも確かめましたら、まちがいなく昨年の三月七日のことだと……」

「ふうん……」

「で、和泉屋さんは、八ツ(午後二時)ごろにおいでなさるとのことでございました」

「なるほど。それで茶菓を買いに行かせたのだな」

「はい。八次郎が言いますには、今の季節には[福嶋屋《ふくしまや》]の〈春霞《はるがすみ》〉がよいでしょうとのことで」

「ふうん。[福嶋屋]なあ」

桜田善右衛門町にあるその京菓子屋は、八次郎が生まれ育った同じ町内にある。

「なんでも外郎《ういろう》の皮を花びらのように薄く丸く伸ばしたものに、紅色の餡を挟んで二つ折りにした菓子だとか」

「うんうん。こと食い物にかけては、あやつにまかせてまちがいはなかろう」

「ほんに……」

二人、顔を見合わせて微笑みを交わしたものだ。

4

翌日は早朝から花曇りとも呼ぶべき曇天であったが、とうとう昼過ぎには雨が落ちはじめた。

そんななか、八ツ（午後二時）を報せる捨て鐘が三つ聞こえた直後に来客があった。

（ふむ、ぴったりだ……）

いかにも商人らしい律儀さに感心しながら勘兵衛は、園枝と談笑していた奥の六畳間を出て、八畳の二の間に移った。

ほどなく、若党の八次郎が「和泉屋」の忠右衛門を案内してきた。

「ご遠慮なく、どうぞ通られよ」

恰幅のいい忠右衛門が敷居の手前で正座して頭を下げてくるのに、勘兵衛は声をかけた。

「では、おことばに甘えまして」

腰低く、部屋に入ってきた忠右衛門が素足なのを見て、さては玄関で雨に汚れた足

袋を脱いだのであろうと察して、

「あいにくの足下のお悪いなか、よくお越しくだされた」

「とんでもございません。いつもいつも、ご挨拶を番頭任せにいたしまして、こちらこそ面目のないことでございます」

ひとしきりの挨拶を交わすうちに、八次郎が茶菓を運び入れ、その足音が玄関のほうに向かったところを見ると、忠右衛門の供の者は、玄関あたりに控えているようだ。

「きょう、ご挨拶にまかりこしましたのは、ほかでもございません」

忠右衛門が言うには、来月になると七宝丸の父親の小笠原久左衛門が、京在番の任を交替して、この江戸に戻ってくる。

「それで、ながらくお世話をおかけした七宝丸でございますが、近く、長次さん、おたるさんのところから、拙宅に引き取りたいと考えておるのです」

「おう、さようか。では、ようやくあの子も父に会えるのだな」

一年前、腕のなかで泣きわめいていた赤児の、ずっしりした重みと、途方に暮れていた自分を勘兵衛は思い起こしていた。

「はい、おかげさまにて。つきましては前もって、そのお許しをいただきたいと、かく、まかりこした次第でございます」

「許しもなにも……、いやいや、律儀なるご挨拶、まことに痛みいる。おたるは寂しかろうが、これは仕方のないことだ」

江戸に出て、すぐに勘兵衛が寄宿していた菓子屋で勘兵衛の世話をしたのが、当時は寄宿先の下女であったおたるであった。

それから、勘兵衛と忠右衛門の間に、あれこれと会話が続いたのだが、

「それはそうと、落合さまの御主君のお加減がお悪いとか、さぞ、ご心配でございましょう」

「ん……」

はや、そのような噂が流れているのであろうか、と勘兵衛が訝っているうちにも、忠右衛門の口から、とんでもないことばが飛び出した。

「若殿さまが、越前大野までお見舞いに行かれるほど、お悪いんでございましょう」

思わず声があがりそうになるのを、勘兵衛は無理にも抑え込んだ。

たしかに、そのような願いを幕閣に届けているが、その許しは、まだ出てはいない。

格段に秘密というわけではないが、若殿帰国の願いを幕閣に出したことを知っているのは、江戸屋敷のうちでも、ごく限られた者たちだけだ。

（それをなぜ、［和泉屋］が……）

勘兵衛は、大きく息を吸い込んだのち、細く長く吐き出して動揺を隠し、落ち着いた声音で尋ねた。

「和泉屋さん」

「はい」

「これは、ぜひにも教えていただきたい。我が若君の帰国のこと、どなたからお聞きになられたのかな」

「はて……」

たちまち忠右衛門は、困惑した顔色になった。

しばしの刻が過ぎたが、忠右衛門の困惑の色は、ますます濃くなるばかりである。

「ご迷惑はおかけせぬ。ぜひにもお教えくださらぬか」

押して糺《ただ》すと、ようやく重い口が開いた。

「これは、内密に願いたいのですが……」

「承知した」

「実は手前ども、いくつかの大名家や旗本家に紙をお納めしておりますが、その折に、反古《ほご》をお引き取りして、幾ばくかの金子《きんす》をお渡しする慣行がございます」

それが役人への袖の下になるらしい。

「ご存じのように、町町をまわる反古買いが集めた紙屑は、浅草紙に梳《す》き直されますが、手前どもが引き取ります書き損じなどは、きれいに皺を伸ばして、襖屋《ふすま》へ売り払います」

「襖の下張りに使うのだな」

「さようで。実は、反古を一枚一枚皺を伸ばす作業は使用人にはまかせず、すべて手前一人でおこなっております。と申しますのも……」

そこまで聞いて、勘兵衛には、ある程度事情が飲み込めたが、黙って忠右衛門の話の続きを聞くことにした。

「なにしろ大名屋敷や、旗本の家から出た書き損じでございますから、ときには、思わぬ拾いものもございまして、そのう……」

「商売の役にも立つというわけだ」

「はい。さようなわけで……。決して人には洩らせませぬが、落合さまゆえ、手前の秘密を打ち明けました次第」

「他言はせぬ。ところで、その反古のうちに、主君の病気のことや、若君の帰国のことが書かれておったのですね」

「いかにも、そのとおりでございます」

「いつ、どこの屋敷から出た反古かはわかりますか」

「はい。先月の末、赤坂三河台の越後高田の中屋敷から引き取りました反古にて、手前が読みましたのが、つい三日前のことにて……」

（なに、越後高田……！）

胸のうちに呻《うめ》きながら勘兵衛は、

「して、その書き損じ、いまだ［和泉屋］さんにございましょうや」

「はい、まだ処分はいたしておりません」

「ありがたや。ぜひ、その書き損じ、拙者にお譲りをいただきたく」

もはや興奮を抑えがたくなった勘兵衛に、

「はい。なにやら、お役に立ちましょうか」

「うむ。恩に着るぞ」

「とんでもございません。思いがけぬこととは言え、落合さまのお役に立てるのなら手前も嬉しゅうございます」

忠右衛門もまた、喜色を浮かべた。

5

［和泉屋］忠右衛門に、若党の八次郎をつけて送り出したのち、

「園枝、これより江戸屋敷にまいる」

勘兵衛が言うと、園枝もなにやらの異変を感じたらしく、

「はい。どうぞお気をつけて」

傘を手に、玄関の外まで勘兵衛を送りに出た。

傘を開いてさしかけながら、

「あの、これは替えの足袋でございます。どうぞお持ちくださいますように」

油紙に包んだのを差し出し、

「お、これはすまぬな」

勘兵衛が懐に入れるのを待って、傘を手渡してきた。

園枝には、八次郎にはない濃《こま》やかさがあった。

「行ってらっしゃいませ」

「うむ。ほれ雨に濡れるぞ。早く戻らぬか」

言って背を向けた。

ほろろ降る雨足は弱く、まだ往還に水溜まりを作るほどではない。

いずれにせよ八次郎が麹町から、件《くだん》の書き損じを持ち帰るには猶予があるのだが、
それでもついつい勘兵衛の足は速まる。

歩きながら、さまざまな思いが、勘兵衛の胸中を駆けめぐった。

小半刻（三十分）とたたぬうちに、勘兵衛は江戸留守居役である松田与左衛門の役宅にいた。

「なに、越後の……、うむ中屋敷から出た反古に、そのようなことが書かれておったというのか」

隣室には漏れぬよう、小声で勘兵衛が報告をすると、松田の白くて長い眉毛が、ぴくりと跳ねた。

「はい。まもなく八次郎が、その現物を持ってまいりましょうが」

「ううむ……」

しかつめらしい表情になって腕を組み、しばし――。

「となると、出所はひとつしか考えられぬ」

「はい。おそらくは……」

勘兵衛が口を濁したのに松田はうなずき、

「どれ、久方ぶりに奥の庭見物にでもまいらぬか」

と勘兵衛を誘った。

「さようでございますな」

これから二人の間で交わされるであろう話は、たとえ家中の者であっても耳に入れることができないものであった。

この役宅には、諸役の者が出入りするので、密談には不向きな場所である。

この江戸屋敷で、もっとも安全なのが奥向きの庭で、勘兵衛も昨年、松田との密談で一度だけ入ったことがある。

「これ、平川《ひらかわ》、そこにおるか」

松田が手を打って、手元役の平川武太夫《ぶだゆう》を呼んだ。

蟹のように平べったい顔をした平川は律儀な性格で、飛ぶようにやってきた。

「武太夫、我らは本邸の奥の庭の四阿《あずまや》に移るでな」

「は、しかし、まだ雨は上がっておらぬ様子でございますが」

首を傾げながら、平川が言う。

「うんうん。こんな日は、池の鯉もさぞ喜んでおるであろう。その見物じゃ。それでな、奥の庭に出るあたりに傘を二本用意しておいてくれぬか」

「かしこまりました。で、のちほど茶でもお届けいたしましょうか」

以前にもあったことなので、気を利かせた平川だったが、

「いや。今回は必要ない」

「は。では、さっそく」

一礼した平川が部屋を出ていくと松田は、

「勘兵衛、陣八《じんぱち》に、八次郎がきたら知らせるようにと伝えておいてくれ」

「はい。では玄関のところでお待ちしております」

平川に続いて、勘兵衛も江戸留守居役の執務室を出た。

新高陣八は松田の用人で、この役宅に出入りする者の取次が主な仕事であった。

それでいつもは、この役宅の玄関脇の控え部屋に詰めている。

勘兵衛が声をかけると、新高陣八はすぐに襖を開いた。

「承知しました」

勘兵衛が松田の伝言を伝えると、
答えたあと、

「なにか、ございましたか」

小声で尋ねてきた。

陣八には、松田と勘兵衛が奥の庭に向かうときは、密談のためだと気づいている。

今回はその密談に、息子の八次郎が関わっているようなので、心配になったのであろう。

「まだ、海のものとも山のものとも……」

「いや、余計なことを尋ねました。ご放念ください」

口を濁した勘兵衛に、陣八が頭を下げてきた。

「八次郎は、ただの使いゆえ、ご心配には及びません」

ただ、それだけは伝えた。

蠢く影

1

勘兵衛は松田とともに役宅を出て、本邸に向かった。

そぼ降る雨は、まだ続いている。

その間、八次郎の兄であり、松田の若党を務める新高八郎太《はちろうた》が松田に傘を差しかけ、勘兵衛は自前の傘を差した。

本邸の御殿《ごてん》屋根の下に、平川武太夫が控えていて告げた。

「長局《ながつぼね》の端に、傘をご用意しておきました」

「ご苦労であった。では」

勘兵衛が、自前の傘を八郎太に手渡そうとすると、

「あ、それは拙者がお預かりを、ここにて傘番をいたしてお待ち申します」

上司の松田に対して、分をわきまえ、忠誠ひと筋の平川なのである。

「そうか。すまぬの」

言って松田は目で勘兵衛をうながし、玄関を入り式台に上がった。

すでに平川から話が通じているらしく、本邸警固の番役たちが黙礼をした。

式台を抜け長廊下を進む本邸内は、ひっそり静まりかえっていた。

主の直良は国帰り中で、わずかに本邸警固の家士たちが残るのみだ。

御座の間から、中奥へと続く廊下も同様であった。

若殿夫妻は、高輪《たかなわ》の下屋敷に暮らしている。

年老いた藩主には、すでに夫人もなく、もう側室も一人もいない。

それで奥女中もおらず、本邸の奥は長らく空き家同然になっていた。

中奥には、主の身のまわりの世話をする女中が数人残っているそうだが、勘兵衛は姿を見かけたことはない。

松田と勘兵衛は、無言のまま奥へと向かった。

その間にも、勘兵衛は、あれこれと思案を巡らせながら、小さく眉を曇らせていた。

（どう考えても……）

今、勘兵衛の胸に兆《きざ》しているのは、［冬瓜の次郎吉］が知らせてきた、左手に黒痣のある大男のことであった。

（まさか、とは思うが……）

またもや、あの謀略が蒸し返されたのではないか。

いやな予感を覚えている。

長局は、奥女中たちが暮らすところだが、がらんとして物音ひとつしない。

長局の廊下の先に、庭へと続く石段があり、そこに平川が揃えた二本の傘が置かれていた。

やはり無言のまま、二人は奥の庭に出た。

小ぶりながら泉水があり、池端には四阿があった。

勘兵衛が昨年にここにきたときには、池端には菖蒲《しょうぶ》の花が咲き誇っていたが、今は植え込みの山吹《やまぶき》の黄色い花が雨に濡れそぼっている。

松田に続いて四阿に入った勘兵衛は、ぐるりと周囲を見まわし、人影の有無を確かめた。

紅雨《こうう》のなか、鳥の声もなく、ただ、か細い雨音と、ときおり鯉の跳ねる水音ばかりの庭であった。

「さて……」

勘兵衛が腰を下ろすのを待って、松田が言った。

「どうにも、おかしな雲行きになってきたようじゃな」

「はい」

「出所《でどころ》は、やはり下馬先《げばさき》の狸であろうな」

「それしか考えられませぬ」

上野厩橋藩《こうずけうまやはし》（のち前橋藩）十三万石の領主である酒井雅楽頭《さかいうたのかみ》忠清《ただきよ》は、幕閣の大老として権勢をふるっている。

その屋敷が江戸城、下馬先にあることから、〈下馬将軍〉と呼ばれるほどだ。

「わしが若殿帰国の願いを幕閣に出したのは、万倍《まんばい》の日、二月十四日のことじゃ」

松田が言う万倍の日というのは、正式には一粒万倍日《いちりゅうまんばいび》といって、なにごとをするにもよい日とされている。逆に不成就日《ふじょうじゅび》というのもあった。

「ははあ、すると……」

勘兵衛は、素早く頭を整理したのちに言った。

「[和泉屋] 忠右衛門の話では、赤坂三河台の越後高田の中屋敷から、例の反古を引き取ったのは、先月の末のことだと申します」

「ふむ。二月の二十九日か。つまりは筒抜けに抜けた勘定になるの」

松田が渋い顔になった。

松田が若殿の帰国願いを幕閣に出した内容が、わずかに十日ばかりで、越後高田藩の下屋敷から出た反古に記されていたのである。

「ま、その現物を見ぬことには対策の立てようもないが……」

松田は呻くように言って、

「おまえなら、これをどう読み解くな」

「は、もしや、あの謀略がぶり返されたのではないかと危惧しております」

簡潔に答えた勘兵衛に、

「うむ」

大きくうなずいた松田が、

「例の大男が気になるか」

「はい」

「つい先日には、おまえの考えすぎじゃろうと言うたが、今は、わしも、そのような気がしてきた……」

越後高田藩の家老、小栗美作を中心に我が越前大野藩に向けられた謀略の根は、越後高田の領主である松平光長の嫡男、綱賢《つなかた》が四十二歳で逝去したことにあった。
綱賢は生来が病弱で、子をなさぬままに没して、しかも男兄弟がいない。
越後高田において、ここに次の跡目をどうするかの大評定がおこなわれた。
このとき、世継の候補としてあげられたのが、まず御家門の三人であった。
その名を年齢順に列すると、次のようになる。

永見長良《ながみながよし》　四千石　四十三歳
小栗掃部《おぐりかもん》　二千石　十四歳
永見長頼《ながより》の遺児、万徳丸《まんとくまる》　四千石　十三歳

ここで話を、少しさかのぼらせねばならない。

2

松平光長の父である松平忠直は、不行跡を咎められて豊後《ぶんご》の国に流されたが、その地で二男一女をもうけた。

光長にとっては、異母弟妹にあたる。

上から順に長頼《ながより》、長良、お勘《かん》という。

そして忠直が没したあと、その三人は越後高田の地に迎え入れられた。

だが配流先で生まれたため松平の姓は憚られ、祖父結城秀康の母方の実家である永見の姓を与えられて官位を受け、永見東市正《ひがしのいちのつかさ》長頼には三千石、弟の永見大蔵《おおくら》長良には二千石を給し、越後高田藩の客分として遇されることになった。

それが、慶安《けいあん》四年（一六五一）のことである。

それから二十三年の星霜が流れた三年前に、光長の嫡男である綱賢が亡くなったのだ。

その間、永見長頼はすでに亡く、その家督は万徳丸が継いだ。

また、お勘は国家老である小栗美作の妻となって、三男一女を産んだが、生き残ったのは三男である掃部《かもん》一人きりであった。

この掃部は、領主光長の甥にあたるため、十歳になったとき部屋住みのまま二千石を与えられて、新たに御家門に加えられた。

このとき、それまで御家門であった両永見家の不満を取り除くため、両家それぞれを四千石とする増禄がおこなわれている。

世継候補には、この御家門の三人に加えて遠縁から一人、尾張大納言光友《みつとも》の次男である松平義行《よしゆき》がくわわって、評定の駒は揃った。

このとき永見長良には、当然、自分が世子に選ばれるであろうとの自負があった。母こそ違え、領主の弟であるし、四十二歳で没した綱賢とは、ひとつしか年齢がちがわない。

ところが評定では、まず経済的な理由から尾張松平家の次男が退けられた。

そののちに随一の実力者である小栗美作は、まずは自分の伜である掃部は小栗家の一人息子であるから、と辞退を申し出て、次に嫡流継承の順位を正面から説き、万徳丸を強く推した。

このため万徳丸が、光長の養嗣子《ようしし》と決定した。

そして万徳丸は、翌年に江戸城黒書院《くろしょいん》にて元服し、四代将軍の家綱から一字を賜わって綱国《つなくに》を名乗り、従四位上《じゅしいじょう》侍従《じじゅう》三河守《みかわのかみ》の叙任を受けた。

と、まあ、事のいきさつだけでも息切れがしそうだが、ここのところを曖昧にしては、大野藩に向けられた謀略の次第が不鮮明になろう。

さて、越後高田藩にあって、小栗美作というのは、なかなかの切れ者である。

領主の世子選定は終わったが、選に敗れた永見大蔵長良が自分に恨みを向けてくるだろうことを理解していた。

また、その怨念は綱国にも及ぶおそれがあった。

その存在は、ゆくゆくは国政の火種にもなりかねない。

できれば、体《てい》よく、越後高田から追い払いたい。

その、もっともよい方法は、いずこかの大名家の養嗣子に押し込むことだ。

そうすれば、長良も、一応の満足を得るはずだった。

といって、縁もゆかりもない大名家というわけにもいかないから、押しつける先は、越前松平家ゆかりの大名家から選ぶことになる。

その目で見ていくと、まさに恰好の大名家があった。

というより、越前福井を出奔した権蔵（松平直堅）を巡って、小栗美作は越前大野藩から煮え湯を飲まされている（既刊『冥暗の辻』）。

さらには、美作の父の正高《まさたか》が一時期、越前大野の城代であった、という因縁もある。

標的を、越前大野藩と定めたのは、むしろ自然の成り行きであったかもしれない。

くわえて都合のよいことには——。

越前大野藩の嫡男である松平直明は暗愚で知られ、これまでにも、数かずの不品行を繰り返している。

しかも、直明が一人息子というのも都合がよい。

亡き者にしてしまうのが手っ取り早いが、幕府の目にとまるような不行跡を咎め立てるとか、あるいは親戚一同に声をあげさせて、廃嫡に追い込む、という手もあるのだ。

小栗美作は秘かに動き、かねて誼《よしみ》を通じていた大老の酒井忠清と手を組み、さらには越前松平家の本家である、越前福井藩主の松平昌親をも取り込み、三者が一体となって、謀略を進めつつあった。

しかし、その動きを鋭敏に感じとったのが、松田と勘兵衛であった。

そして、ついには、越前大野藩の忍び目付である服部源次右衛門《はっとりげんじえもん》が、酒井忠清と小栗美作の密談を耳にして、謀略の全貌が明らかになったのである。

だが、あえて、松田は、その事実を伏せて極秘の事項とした。

それゆえ、越前大野藩において、それを知るのはわずかに三人、松田と勘兵衛と服部だけである。

なぜか——。

単に、藩内が大騒ぎになることを疎《うと》んだわけではない。

問題は、大老の酒井忠清の威光が、藩の将来を左右するほどの勢いを持つ、という事実だ。

江戸家老の間宮定良《まみやさだよし》をはじめとして、若君を危ぶむ重役たちは多い。

もし、大老たちの考えを知れば、越前大野藩の行く末の安泰を期して、若君を廃嫡のうえ、永見大蔵長良を次期の藩主に戴こう、という動きが出るかもしれないのだ。

松田と勘兵衛が、江戸屋敷内においてさえ、神経質なほどに密談するのは、そのような事情なのであった。

「あの悪だくみは、もはや瓦解したかと思うたが……」

松田がつぶやくように言う。

というのも昨年のこと、長崎において密貿易が発覚して、長崎代官の末次平蔵《すえつぐへいぞう》が捕らえられた。

実は、この密貿易の裏には大老が絡んでいる。

それで大老は、自分に火の粉がかからぬようにと揉み消しに忙しく、大野藩への矛先が鈍った。

その間に、越後高田の城下は大火に焼かれ、その復興のため小栗美作も動きを封じられている。

さらに越前福井のほうでも、内政はいよいよ悪化して、追いつめられた松平昌親は、ついに藩主の座を兄の嫡男である綱昌に明け渡すことになった。

「しかし、まだあきらめてはおらなかったようです」

勘兵衛が言うと、

「やはり、そう見るか」

松田の目が光を放った。

勘兵衛はうなずき、

「用心をするに越したことはないでしょう。若君の国帰りを最後の機会ととらえ、どのような手を打ってこないともかぎりません」

「ううむ……」

松田が呻くように言う。

「襲撃をしかけて、若君の命を狙う。あるいはなにやら工作を施して、騒ぎを起こさせる……」

そのまま、松田は石像のように黙り込んだ。

また池の鯉が跳ねた。

3

翌朝いちばんに八次郎を［冬瓜の次郎吉］のところに使いに出したあと、勘兵衛は露月町裏の町宿を出た。

きのう降り続いていた雨は、昨夜のうちに上がっていたが、空はどんより雲に覆われている。

（菜種梅雨かもしれぬな）

そんなことを思いながら、表通りに出た。

閑静な裏通りとちがい、東海道筋は人馬や荷車が通り、旅人の姿も多い。

向かうは、増上寺であった。

増上寺裏門前から海へと流れ落ちる大下水は宇田川《うだがわ》と呼ばれていて、それを土橋で渡って勘兵衛は南下する。

きのう――。

八次郎が［和泉屋］忠右衛門のところから持ち帰った反古には、次のような書跡があった。

急ぎ一筆御通知参らせ候
越前大野直良公疾病の段、嫡男為見舞
帰国の儀、願い出ずとの報、●●●●り

●●●というのは、墨で塗りつぶされた跡である。
その文を、裏返しまでして矯《た》めつ眇《すが》めつしたのちに——。

——消されたるは、おそらく三文字か四文字……。おまえ、どう思う。

松田が勘兵衛に尋ねてきた。
●●●は、おそらくは〈雅楽頭様より〉、あるいは〈雅楽《うた》様より〉と書いたのち、大老の名を入れたのはまずい、と塗りつぶしたうえで反古にしたのでございましょう。
——わしにも、そう思える。おそらく、この文の宛先は小栗美作。で、これを書いたは……さて……?

そこで松田は考え込んだ。

——おそらくは、美作の腹心の人物でありましょうが、さて……?

勘兵衛も、やはり、首を傾げた。

この江戸にあって、美作と通じているると勘兵衛が知る越後高田藩の人物は、わずかに二人しかいない。

一人は越後高田藩の江戸留守居役で本多監物《ほんだけんもつ》、いま一人は、同下屋敷の用人の小栗《おぐり》一学《いちがく》であった。

一学は、美作の弟である。

しかし、今回の反古の出所は、上屋敷でも下屋敷でもなく、赤坂三河台の中屋敷なのだ。

思えば、その中屋敷が、どのように使われているのかさえ知らずにいる。

まずは、この文を書いた人物——江戸における敵の正体を、見極めるべきであった。

そのため、勘兵衛は芝の増上寺に向かっている。

松田が幕閣に若君帰国の願いを出したのが、二月の十四日。

それから、[冬瓜の次郎吉]が例の黒痣の大男を見かけたのが、今月の四日のことであった。

その間、わずかに二十日足らず……。

はたして、それで辻褄があうのか。

松田と勘兵衛の間には、きのう、そのような検証もおこなわれたのである。

江戸より越後高田まで七十二里――。

江戸から越前大野への距離の半分ばかり、報告の文が美作の元に届き、その指示で、江戸に送り込まれるには十分だと考えられる。

それも、一人きりのはずはない。

以前に、松平直堅を狙ったときと同様に、相当な数の一団が送り込まれたと考えるべきだろう。

芝の神明町を過ぎれば、久右衛門町に入る。

これより二十年ばかりがたった元禄《げんろく》九年（一六九六）には浜松町と名が変わるが、これはまあ余計なことであろう。

ここから、ひときわ広い大道が東に入り込んで、増上寺東の大門《だいもん》への参道となっている。

それでこのあたりを、〈芝の大門〉などと江戸の市民は呼んでいるが、実はこれが増上寺の裏門であることを、ほとんどのひとが知らない。

というのも、元もとの裏門は愛宕下の方角にあったのだが、将軍が参詣の際に使われるので御成門と呼ぶことになった。

それで、大門のほうが裏門ということになったのである。

またまた、横道にそれそうになった。

太鼓橋で宇田川に続く濠を越え、山門をくぐった勘兵衛は、まっすぐに本堂へと続く境内の広道を進んだ。

行く手の右左に、青青と葉を繁らせた松原が伸びている。

その松原脇を抜けたところを左折すると、右手には桜花爛漫の丘があった。

花を愛でるゆとりもなく勘兵衛は、鷹御門をくぐり、徳川家康の御霊廟である東《とう》照《しょう》大権現宮と、その背後の丘下をめぐるゆるい坂道を上った。

（ふむ……）

やがて、赤羽広小路門から近い、こんもりした竹林が見えるあたりまできて、
その竹林脇に、両手を広げても余るほどの大石があって、いつもはそこに腰かけているはずの菊池兵衛の姿が見当たらなかった。

（おられぬな……）

菊池兵衛は、増上寺掃除番だ。

だが、それは仮の姿、実のところは大岡忠勝《おおおかただとう》、いや昨年に忠種《ただたね》と改名した幕府大目付直属の黒鍬者であった。

いつもは増上寺の境内にあって、参詣者と話などを交わして天下の噂を集めている

……という不思議な人物で、その情報は驚くほどに正確だ。

勘兵衛もこれまで、この菊池兵衛の情報に何度も助けられている。

あの大石に箒《ほうき》を立てかけ、紺の単衣《ひとえ》を尻っ端折りに腰かけているのが常であったが、その姿が見えない。

（もしかしたら……）

勘兵衛は一度、菊池に誘われて、休息所のように使われる建物に誘われたことがある。

すぐ近くの芝垣に囲まれた、小さな建物であった。

そこかもしれない、と勘兵衛は、そこを覗いたが、不在であった。

（ふうむ……）

あるいは無駄足であったか、と勘兵衛は少し肩を落とす思いである。

なにか、事あるとき、菊池兵衛は飄然と江戸を離れる。

一昨年も、菊池は抜け荷の調査のために長崎に向かって、長らく戻ってはこなかった。

（そうだ……）

菊池が勘兵衛を、この休息所に誘ったとき、蓮池近くの茶屋から糸切り団子と茶を運ばせたことがあった。

まだ十四か十五にしか見えない茶屋女が、それを運んできて、菊池にからかわれていた。

霰《あられ》小紋に赤前垂れ、帯は麻の葉模様であった。

なにより小さな頭に、簪《かんざし》と大櫛《おおぐし》を挿し、黒塗りの下駄をカタカタ鳴らしてやってきたのが印象的であった。

菊池がからかうように、勘兵衛を紹介してやろうかと言ったとき、

——引き合わせてもらったって、相手がお武家さんじゃ、にせをちぎるってわけにや、いかないじゃないか。

と、おしゃまな口をきいたことも思い出した。

(たしか……名は……)

記憶を探り、おすぎという名に行きあたった。

(あの茶屋女なら……)

菊池のことを知っているのではないか。

勘兵衛は芝垣を出て、おすぎのいる茶屋を探すことにした。

芝山内の蓮池下付近には、葦簀張りの並び茶屋が続く。

（たしか、ここだと思ったが……）

心覚えの水茶屋前で足を止めた目の前に、一人の若い茶屋女が出てきて、

「あれ」

勘兵衛に目をとめ、首を傾げて見せたのだが……。

それが、あの、まるで大櫛が歩いているような少女だったとは、すぐには勘兵衛は気づかなかった。

なにしろ二年半ほどがたっている。

今では大櫛もぴたりと決まり、美しい茶屋娘に変貌していたのだ。

「ひょっとして、おすぎさんか」

「まあ、嬉しい。名前を覚えていてくださったんですか」

おすぎが、笑顔になった。

というところをみれば、おすぎも勘兵衛を覚えていたようだ。

「いや。すっかりきれいになったもので、見ちがえてしまった」

言うと、おすぎは身をよじるようにした。

すっかり一人前の茶屋女になったようだ。

「ところで、いつもの掃除番の姿が見えないようだが……」

「ああ、おじさんなら、さっき蓮池のほうに上がっていきましたよ」

「そうか。それはすまぬな」

会釈して行こうとするのに、

「一度、茶屋のほうにもお立ち寄りくださいな」

「わかった。そうさせてもらおう」

おすぎは、すっかり商売人にもなっていた。

4

芝山内の蓮池には、芙蓉州《ふようしゅう》と号《なづ》けられた中島があり、そこには弁財天の祠《やしろ》が建っている。

それで蓮池は、明治時代には弁天池と名を変えた。

池の規模こそ、ずいぶんと小さくなったが、現代も芝公園内の東京タワーを見上げるところに、ひっそり水面《みなも》を広げている。

菊池は、相変わらずの紺の単衣の尻っ端折りで、蓮池の畔にしゃがんで、鯉に餌を投げているところであった。

撒かれた餌を、岸辺に集う小千鳥《こちどり》が素早くかっさらっていく。

勘兵衛が近づいていくと、菊池はいち早く気づいて、傍らの箒を手に立ち上がった。

「お久しぶりです」

勘兵衛が頭を下げると、

「なんの」

短く答えた菊池が、

「こちらこそ、たびたびの御音物《ごいんぶつ》を賜わり、かたじけなく思うておる」

小さく頭を下げてきた。

元はといえば、江戸留守居役の松田に引き合わせてもらった菊池だが、以来勘兵衛は、盆、八朔《はっさく》、暮れには欠かさずに、下谷黒鍬町《したやくろくわちょう》の組屋敷のほうに金品を届けている。

どうしても自分が行けないときには、八次郎や、飯炊きの長助を差し向けてきた。

これまで個人的な話をしたことはないが、菊池兵衛は勘兵衛の父親の孫兵衛《まごべえ》とかわらぬ年ごろであった。

その妻女とは、下谷黒鍬町の組屋敷の玄関口で、ときおり顔を合わせているが、ほかに家族が何人いるのかさえ知らない。

知っているのはその俸給の安さで、松田によれば菊池兵衛は、十二俵一人扶持に掃除番としての手当金が年に三分つくという。年間にすれば、米十七俵に現金が三分、はたしてこれで家族が養えるのか、というほどの低収入なのであった。

だから、必ず贈答の際には現金を忍ばせる。勘兵衛にとって菊池は、それほどまでに貴重な情報源であった。

「込み入った話らしいな」

早くも菊池は勘兵衛の顔色を読んで、

「我が茅屋《ぼうおく》へまいるか」

あの芝垣に囲まれた、詰め所に誘った。

それで勘兵衛は、途中に、おしずの茶屋に立ち寄り、茶と糸切り団子を届けてくれと頼んでおいた。

「で、どのような話だ」

さっそくに切り出した菊池に、

「ま、茶など届いてからにいたしましょう」

「ふむ、それもそうだな。ときに、猿屋町から、ずいぶんと近くに引っ越しをされたようだな」

「ご存じでございましたか」

いつものことながら、菊池の耳の早さには驚かされる。

昨年の暮れに、下谷黒鍬町の屋敷に挨拶に立ち寄ったときにも、勘兵衛はそのことは告げていない。

「ふむ。美形の妻女を迎えられたことも知っておるぞ」

こともなげに言う菊池であった。

やがて、おすぎが注文の品を届けてきたのちに、

「ときに……」

勘兵衛はおもむろに、用談に入った。

「赤坂三河台に越後高田の中屋敷がございましょう」

「うむ……」

菊池が、じっと勘兵衛を見やり、逆に尋ねてきた。

「また、越後の藪蚊《やぶか》どもが動きだしたのか」

「………」

これには迂闊に答えられない。

あの謀略のことは、極秘中の極秘で、小栗美作や大老も、勘兵衛たちにその謀略が洩れていることは気づかずにいる。

「ふむ」

皿から糸切り団子をつまんで頬張り、菊池は言った。

「例の麴町通りの居酒屋だがな」

「[武蔵屋]でございますか」

その居酒屋に、越後高田からの藪蚊たちが出入りしていると教えてくれたのは、この菊池であった。

「うむ、つい近ごろに、またあの藪蚊どもが舞い戻ってきたようなので、気にはなっておったのだ」

次郎吉ばかりではなく、菊池もそれに気づいていたらしい。

「しかし、あの一件は、おぬしが本多監物と小栗一学に直接に会って、一札《いっさつ》を取ったのであろう」

「は、たしかに……」

「では、もうカタがついておるはずだが……？」

菊池が、わけがわからぬ、という表情になった。

たしかに、目前の菊池を通じ、大目付の大岡忠種の協力も得て、以降、松平直堅には手を出さぬとの約定を越後高田藩から取り、その一札は老中の稲葉正則に預けている。

だが、今度の藪蚊たちが手を出そうとするのは、松平直堅ではなくて、我が若君の松平直明のようである。

しかし、それは言えない。

「まあ、よい。なにやら、気にかかることがある、ということにしよう」

勘兵衛の口を割らせるのをあきらめたらしい菊池は、茶を一口含んだのちに、

「あの中屋敷には、一昨年より松平綱国さまがお住まいだ」

「あ……」

幼名万徳丸、松平光長の養嗣子に決まった人物ではないか。

勘兵衛は忙しく考えた。

「綱国公は、まだ年若いと聞きましたが……」

「十五歳だな」

（ちがう……）

「上屋敷の本多監物は、美作の妹婿。そして下屋敷の小栗一学は、美作の弟……もし

や中屋敷にも美作の閨閥はおりましょうか」

　すると菊池はにやりと笑い、

「綱国の付家老が安藤九郎右衛門《あんどうくろうえもん》というてな、詳しいところまでは覚えておらぬが、安藤一族というのは、たしか美作とは縁戚関係があったやに思うが……」

「ははあ……」

（安藤九郎右衛門……）

　そやつかもしれぬ、と勘兵衛は思った。

「越後高田のご重役について、手控えなら我が家にある。見てみるか」

「まことで……」

　菊池の思いがけない好意に、勘兵衛は飛びついた。

　敵を知り己を知れば……と孫子も言う。

　思えば、これまで越後高田について、あまりに不勉強であった。

　よい機会だから、根こそぎ調べておきたい、と勘兵衛は思った。

「五ツ（午後八時）ごろに、我が家にこられるがよかろう」

　菊池が言った。

5

「ふむ、これか」

勘兵衛が昨夜、下谷黒鍬町の菊池宅で抜き書きし、整理し直した書付を、松田が手にした。

「は、知り得たかぎりを、大まかにまとめたものでございますが」

その内容は、次のとおりだ。

越後高田派閥抄出書

家老

●小栗美作

荻田《おぎた》主馬《しゅめ》

侍大将
岡嶋壱岐《おかじまいき》
◎片山主水《かたやまもんど》　美作姉婿
本多七左衛門《ほんだしちざえもん》
◎本多監物　美作妹婿
渥美久兵衛《あつみきゅうべえ》

老中
◎小栗右衛門《おぐりうえもん》　美作の従弟　江戸家老
〇林内蔵助《はやしくらのすけ》　美作腹心
〇安藤治左衛門《あんどうはるざえもん》　美作腹心
◎安藤平六《へいろく》　美作の姪婿

ほか
◎小栗兵庫《ひょうご》　美作の弟
◎小栗十蔵《じゅうぞう》（一学）　美作末弟　下屋敷用人

○安藤九郎右衛門　中屋敷　綱国付家老
　　老中　安藤治左衛門の従弟

「二重丸が、美作の明らかなる閨閥、丸印が美作に通ずる輩《やから》かと……」

「ふむ、ふむ」

勘兵衛の説明を受けながら、ひととおり目を通した松田が、

「なんと、まあ」

あきれたような声を出した。

「重臣のほとんどを、美作が掌握しておる。これでは美作のやりたい放題ではないか」

まさに、そのとおりなのである。

「それにしても、よく調べたものじゃ」

「先ほども申しましたように。昨夜、菊池兵衛どのの屋敷まで参上いたしまして……」

「うむ。そこのところよ。前にも言うたとおり、わしゃ菊池氏《うじ》とは二十年を超えるつ

きあいじゃが、屋敷に請《しょう》じ入れられることなど、一度もなかったわ。おまえ、よほど気に入られたようじゃな」

「…………」

そんなふうに誉められると、勘兵衛、なにやらこそばゆい。

「で……」

松田は役宅の畳に、勘兵衛が提出した書付を広げて置いて、扇の先で一点を差した。

綱国付家老の安藤九郎右衛門であった。

「こやつが、あの反古の主か?」

「そう思われます」

「すると、越後の蝙蝠《こうもり》たちも、この中屋敷におると……?」

以前に松平直堅を狙っていた一団を、菊池は藪蚊と呼び、松田は蝙蝠と呼んでいた。

勘兵衛は答えた。

「さて、そこまでは判然といたしませせぬ。すでにきのうのうちに、その探索を［冬瓜の次郎吉］に頼みましたゆえ、いずれ、はっきりいたしましょう」

「ふむ。いずれにしても、あまり猶予はないぞ。実は、昨夕に幕閣から若君国帰りの儀、苦しからず、とお許しが出た」

「そうですか。では、その件も、あちらには筒抜けになっておりましょうな」

「もちろんであろう。帰国の許しが出たならば、さっそくにも、出立《しゅったつ》の日をお届けして、許しを得なければならぬ。そう、ぐずぐずとはできぬわ」

「どのくらい、日数を稼げましょうか」

「うむ……せいぜいが、ひと月、四月の半ばまでには、若君を国帰りさせねばなるまい。ちと、せわしないことになるぞ」

言って、松田は畳に広げた書付にじっと見入り、やがて、

「ふむ……」

小さくつぶやいたのち、不敵な笑いを浮かべた。

「なにか」

「いや、こやつのう」

扇の先を、小栗美作の上に置いて、

「かえすがえすも、憎っくき男じゃ。ところで……」

言いつつ、扇の先が動いて、今度は荻田主馬のところに止まった。

「同じ家老でありながら、こやつもよほど、美作のことを憎んでおろうな」

「いったい、なにをお考えで……」

口では言いながら、勘兵衛にも、松田の心の裡《うち》がわかるような気がした。

この大野藩においても、かつて家老同士の対立があり、勘兵衛の父も、その争いに巻き込まれたことがある。

「なに、すべては、今回のことが落着してからのことよ。そののち……、一矢《いっし》、報わねば腹がおさまらぬわ」

吐き捨てるように言うなり、松田は畳の書付を掬いとるようにして懐に入れ、

「では勘兵衛、おまえ、それとなく今回のことを、伊波《いなみ》の耳に入れておいてくれぬか」

若君の付家老を務める伊波利三《としぞう》は、勘兵衛より二歳上であったが、幼少期よりの親友であった。

「それは、よろしゅうございますが……」

勘兵衛は、少し考えたのち、

「これまでのいきさつを、隠したままでは、伊波も納得がいかぬかと思われますが」

「ふむ。それもそうじゃのう。そろそろ……」

しばし黙考ののち、決断するように松田が言った。

「よし。いつまでも隠しておけるものではない。なにより、若君の身に降りかかるこ

とじゃ。伊波と……、塩川《しおかわ》にだけは打ち明けておくほかはなかろうな」

「よろしゅうございますか」

「うむ、あくまで慎重にな」

塩川七之丞《しちのじょう》は若君の小姓組頭、そして勘兵衛の新妻、園枝の兄でもある。

勘兵衛は、しばらく考えたのち――。

「ところで……」

「うむ。どうした」

「これよりは、伊波や塩川と、幾たびか打ち合わせが必要になるかと思われますが……」

「そうなろう、の」

「では、この際、直明さまご夫妻を、この御本邸に移されてはいかがか、と愚考いたします」

ほかでもない。

二年前の秋、直明が新吉原に流連《いつづけ》したのを、勘兵衛たちが、いささか乱暴な手段で世間の目を欺いた事件がある。

さすがに、その後は、直明もおとなしくなって、不埒《ふらち》な振る舞いはおさまっていた。

だが、それも、付家老の伊波利三と、小姓組頭の塩川七之丞が厳しく目を光らせているからで、まだまだ油断はできない、と勘兵衛は思っている。

「ふむ。それもそうじゃ」

膝を打つようにして、松田はうなずいた。

「それなら、わしの目も光っておるしの。高輪《たかなわ》の下屋敷で仙姫《せんひめ》さま一人で留守番、というのも心許なかろう」

松田も、勘兵衛の危惧を察したようだ。

仙姫は二十歳、直明の元に嫁いで、はや七年であった。

謀略再び

1

さっそくに勘兵衛は、高輪の下屋敷に向かうことにした。

だが、その前に勘兵衛は、愛宕下の江戸屋敷を秘かに窺う者の影がないか、を確かめる必要があった。

すでに賊は、松平直明が、いつ江戸を出立するか、越前大野まで、どのような順路を辿るのか、また、いかほどの陣容を立てるのか、などなどの情報を得ようとするはずだ。

花曇りの下、愛宕下通りは相変わらずの人出だ。

愛宕山の桜は、すでに散りはじめており、ひと風ごとに花の塵《ちり》が流れる。

まずは桜川に沿い北へ、勘兵衛は、芝高輪とは逆の方向に、ゆっくり歩いた。

桜川から西は、三十有余からなる寺町で、各山門は、身を忍ばせるには恰好の場所となる。

また、桜川に沿って立ち並ぶ葦簀茶屋も同様であった。

勘兵衛は、全身を針鼠のようにしてゆっくりと歩み、ときには茶屋の奥を確かめ、橋を渡って、山門の裏なども確かめた。

怪しい人影はないし、侍の姿も少ない。

いつもとちがったところといえば、笈摺《おいずる》と呼ばれる白衣をまとい、金剛杖を手にした巡礼者の姿が目立つことだ。

(ふむ……。きょうからであったか)

と、勘兵衛は思う。

毎年三月十日から二十一日までの間、四国遍路を模した、江戸八十八ヶ所巡りがおこなわれる。

江戸の市内と、その郊外の弘法大師ゆかりの八十八寺に、四国霊場八十八寺の砂を運び入れた〈お砂踏み場〉というものがある。

巡礼者は、定められた十二日間のうちに、各寺の砂を踏み、納経書に札を納めて納経帳に朱印を捺《お》してもらう。

そして首尾よく、八十八寺をまわれば、四国八十八ヶ所を遍路したのと同じ御利益《りやく》があるとされる。

この愛宕下にも円福寺に十九番札所、円福寺内の金剛院に廿《にじゅう》番札所、真福寺に六十七番札所があるのであった。

その真福寺のところまで行き、念には念を入れて真福寺脇の鎧《よろい》小路《しょうじ》にも半町（五〇メートル）ほどは入り込んで確かめたが、怪しい人影は見当たらなかった。

それで再び愛宕下通りに戻り、南の青松寺山門あたりも確かめた。

（きのうの、きょうだからな）

まだ藪蚊は出ていないが、そのうちに、きっと出るはずだ、と勘兵衛は確信している。

芝高輪の下屋敷も、周囲を寺に囲まれている。

勘兵衛は、下屋敷への道をやり過ごし、東禅寺《とうぜんじ》の参道から入った。

参道脇には〈有喜寿《うきす》の森〉と呼ばれる、海上から見ると浮洲《うきす》のように見える広大な森がある。

賊が忍ぶには具合のよい場所だから、くまなく調べ、それから東禅寺の境内に入った。

余談ながら、この東禅寺は幕末のころイギリスの公使館が置かれ、攘夷派の浪士たちから襲撃を受けたところである。

東禅寺の裏門を出れば、すぐ目前が下屋敷であった。

裏門にも、今のところ、怪しい人影を見いださなかった。

下屋敷に入り、出てきた用人に、内密に伊波に会いたいと告げると、

「では、こちらにて……」

玄関脇の書院に通された。

やがて――。

「おう、勘兵衛、どうじゃ園枝どのは」

書院にやってきた伊波が、さっそくに尋ねてくる。

「まあ、楽しくやっておる」

「そうか。まだ気配はないか」

「気配……？」

「とぼけるでない。ほれ、愛の結晶というやつだ」

勘兵衛は、吹き出した。

「馬鹿を言え、まだ半年もたたぬぞ」

「それはそうだろうが、おまえのことだ。ちゃっちゃっと、早手回しに片づけるかと思うたのだが」

「そうそう、うまくいくものか。いや、きょうは、そんな無駄話をしにきたのではない」

「それはそうだろうが、おまえがえらく張りつめた様子なので、ちょいとほぐしてやったのさ」

　さすがは、古くからの友である。伊波には、勘兵衛の様子が、ただならぬものに見えたのだろう。

「…………」

　思わず苦笑した勘兵衛に、伊波が言う。

「昨夜、新高八郎太が松田さまからの書状を持ってきた。大殿さまお見舞いのため、直明さまご帰国の許可が出たそうだが、それに関わることか」

「そう、その件だ。ついては、江戸出立の日などのこともあり、直明さまご夫妻には、しばらく上屋敷のほうにお移りいただきたいとのことだ」

「ふむ。なるほど……。いや。仙姫さまのこともあり、どうしたものかと思うてはおったが、なるほど上屋敷に移るとあらば、俺も安心だ」

「それも、できるだけ、早いほうがよいのだが」

「早いもなにも、そうそう支度もいらぬ。明日にでも、というなら、こちらは一向に異存はない」

「ふむ。そこのところだ。あまり目立たぬように、移ってほしいのだ」

「なに、目立たずに……」

「できれば、直明さま、お小姓衆、仙姫さま、というふうに、小体《こてぃ》に分けてお移りいただきたい」

「ふうむ……」

ますます美男ぶりに磨きがかかった伊波が、小さく眉を寄せた。

「なにやら、ありそうだな」

「大いにある。誰にも知られてはならぬ秘事だ」

「秘事……とな」

伊波の美しい面貌に、緊張が走った。

「このこと、江戸家老の間宮さまも知らねば、国許のご重役たちも、誰一人として知らぬ。いや、知られてはならぬ、という秘中の秘である、と言うておこう」

「秘中の秘と言われても……」

次に伊波は、困惑した顔になった。

「もちろん、おまえと七之丞、いや義兄上《あにうえ》だけには、事の次第を打ち明ける。ただ、それは直明さまほか、目立たず愛宕下にお移りいただいたのちのことだ。ともかくは、それほどの大事とだけ、今はわかってくれ」

「よほどの大事らしい。わかった。では、明日と明後日との二日をかけて、少しずつ上屋敷に移る段取りを考えよう」

「そうしてくれるか。それとな、きょう見たかぎりでは、この屋敷の周囲に怪しい人影はなかったが、これよりのち、おそらく下屋敷の様子を窺う賊が出没するかもしれない」

「なに、賊が……。で、いかなる賊だ」

「それも、今は言えぬ」

「えい、もどかしいのう。で、どうすればよいのだ」

「そうだな。誰か、心利きたる者を選んでな。秘かに屋敷を見張る賊を見極めてほしいのだ」

「ふむ……。で、見つければ、引っ捕らえればよいのか」

「いや、そこまでは及ばぬ。できれば素知らぬ顔をして、賊の人相風体を見極めれば上《じょう》、相手に気取られず、塒《ねぐら》を突き止めれば上上《じょうじょう》。ただし、賊が一人とはかぎらぬ。入れ替わり立ち替わりするであろうから、そのあたりは留意されたい」

「なるほど……。よし、概略はわかった。うむ、早く、その秘中の秘というものを知りたいものだ」

「それほど待たせはせぬ。いましばらくの辛抱だ」

「わかった。それで……どうする。塩川を呼んでよいのか」

「まだまだ、やることが残っていてな。だから、きょうのところはよい。これから、いやというほど顔を合わせることになろうからな」

勘兵衛は伊波に、くれぐれも皆に異変を感じさせないようにと念を押し、下屋敷を出た。

次は、四ッ谷塩町に、[冬瓜の次郎吉]を訪ねなければならない。

2

四ッ谷塩町の一丁目は、江戸城西の外濠を渡す、四ッ谷御門のすぐ外にあるが、どういうわけか二丁目、三丁目は、半里ほども西に離れている。

あと少しで、甲州道中の大木戸があるから、江戸の西のはずれであった。

その二丁目の髪結床が、[冬瓜の次郎吉]の住まいであった。

すでに勘兵衛は、きのうの朝一番に八次郎を使いに立てて、例の越後の藪蚊たちの探索を依頼していた。

だが、自らも顔を出して挨拶をしておくのが筋であろう、と芝高輪から愛宕下の屋敷に戻ったのち、訪ねることにしたのである。

いつものように、次郎吉の女房の好物である[橘屋]の〈助惣焼き〉を麴町三丁目で求めて、包みのうちには二両の手当金を忍ばせておいた。

それから、麴町の商店街を西に歩き、麴町十丁目を過ぎ、四ッ谷御門で外濠を越える。

そこから濠に沿って南に二筋、四ッ谷伝馬町一丁目のところから、まっすぐ西に続く道が、甲州道中へと向かう四ッ谷大道であった。

車馬の交通に混じって、旅装の商人や武士が多く見られるのもそのためだ。

勘兵衛が[冬瓜や]に着いたのは、陽も大きく西に傾いた七ツ（午後四時）どきである。

「ごめん」

松田から借りてきた網代笠《あじろがさ》を取って、勘兵衛は、冬瓜が描かれた腰高障子を開いた。

髪結床の客は、土間先に腰かけて、通りのほうを向いている。

だから、勘兵衛の目前には近所の隠居らしい老人の顔があった。

下剃《さかやき》りが月代を剃っているところで、隠居の左手は、落ちてくる毛を受ける把手《とって》つきの板を握っている。

この板を毛受《けうけ》といって、剃刀《かみそり》で剃った毛を擦りつけもする。

「あら」

座敷で一服点《つ》けていた次郎吉の女房のお春が、勘兵衛に気づいて、

「どうぞ、お二階に」

声をかけるなり、コンと小気味よい音を立てて、煙管《きせる》の雁首《がんくび》を灰吹きの縁《へり》に打ちつけた。

「お邪魔する」

いずれにしても、店先でできる話ではない。

勘兵衛は、案内されるまでもなく、脇の階段から勝手知ったる二階座敷へ上った。

二階には、お春以外に、下職《しもしょく》の男が三人いたが、一人は初めて見る顔だった。

おそらく、お春の腹が大きくなってきて、新たに雇い入れたのであろう。

二階座敷に人影はなかった。

つまりは、すでに次郎吉は探索にかかっているらしい。

勘兵衛は、そう思った。

やがて、お春が大きなお腹で、茶を運んできた。

ここの髪結床の親方は、名目上は次郎吉ということになっている。

実質的な親方は、このお春なのだが、この時代、まだ女髪結いというのは許されていない。

江戸もはずれのこの地で、次郎吉が火付盗賊改方の手先ということもあって、お目こぼしがあるのだろう。

「あら、いつも、すみませんねえ」

お春は手みやげの菓子を素直に受け取り、

「あいにくでござんすが、旦《だん》つくは、きのうから張り切っておりましてねえ。今朝も日の出前から、いそいそと出かけていきましたのさ」

「そうであったか。いや、いつものことながら、ついつい頼りにしてしもうて、申し訳なく思うておる」

「とんでもござんせん。日がな一日、ここでぐうたらされているより、いっそさっぱりして都合ようござんすよ」

勝ち気なお春だが、夫婦仲のすこぶる良いことは、すでに承知の勘兵衛である。

「それより、このたびは、実にめでたいことであったな。次郎吉さんも大喜びだ。無事の誕生を心から祈っておるぞ」

すると、お春は、ぽっと顔を赤らめ、

「いやですよう、旦那。こんな大年増になって、こんなになっちまって、恥ずかしくって表も歩けやしない」

「なにを言う。大威張りで見せびらかしてやれ」

そんな一幕ののち、勘兵衛は、改めて挨拶をして［冬瓜や］を辞去した。

（さて……）

四ッ谷大通りを戻りながら、勘兵衛は考えた。

次郎吉が手下も使って見張るとすれば、まずは赤坂三河台の越後高田藩中屋敷、それから半蔵門外の桜田堀に面して門を持つ下屋敷と、その西、三丁目横町通りに入って、平川天神の先にある、御家中屋敷あたりであろう。

そして、もちろん、ときどきは越後の藪蚊どもが客となる居酒屋［武蔵屋］も、はずすことはできない。

（どうするべきか……）

実は、勘兵衛、いまだ、その［武蔵屋］に入ったことはない。

聞くところによれば、その居酒屋は、中屋敷や御家中屋敷から近いこともあって、越後高田の家士たちが多く出入りをするところらしい。

［冬瓜の次郎吉］に、以前に越後の藪蚊たちを見張らせたとき、次郎吉は、その店を手下たちとの集合場所に使っていた、と聞いている。

次郎吉たちがすでに探索に入って、［冬瓜や］に不在であろうとは、ある程度の予測がついていた。

そのときは［武蔵屋］に行けば、次郎吉なり、その手下に会えるはずだ。

しかし勘兵衛は、迂闊に高田の家士に面貌を晒すことが、ためらわれた。

一度は、下屋敷に乗り込んだ身である。

顔を見知った者が、いないともかぎらない。

そんな用心もあって、勘兵衛は松田から網代笠を借りてきたのである。

再び四ッ谷御門を通り、麴町の四丁目のところで、勘兵衛は足を止めた。

［武蔵屋］と屋号は出ていないが、ことごとくの腰高障子に〈めし、さけ〉と大書さ

れて、〈六三四〉と書かれた大徳利を描いた軒看板がぶら下がっている。

間口が三間もあるから、かなり大がかりな居酒屋のようだ。

店先には、長床几がずらりと並び、まだ陽も高いうちから客が酒を飲んでいる。

川柳に――。

居酒やに馬、駕《かご》、車、三つがなえ

とあるように、客が馬方や駕籠《かご》舁《か》きや車力《しゃりき》であることは床几の脇に、馬に辻駕籠、大八車があることで、それとわかる。

いずれも、仕事の間に、ちょいと一杯という口だし、商売道具を盗まれないように、こうして往来で飲み食いをするのだ。

一方、店内では、ゆっくり飯を食い、あるいは仕事帰りに、腰を落ち着けて飲み食いしようという客が入る。

基本的には、職人や、その日暮らしの庶民たちの店だろうが、近隣には越後高田のほかにも大名屋敷があるから、江戸番の単身赴任の侍たちには重宝《ちょうほう》な場所であろう。

「………」

入るか、入るまいかとためらったのち、結局のところ勘兵衛は、そこを通り過ぎた。

（用心するに、越したことはない。それよりも……）

勘兵衛は、次の角を右に曲がった。

麴町三丁目と四丁目の境から南に入り込む道は、三丁目横町通りといって、ゆるい下り坂だ。

晴天の日は、このあたりから遠く富士の山を望むことができるが、あいにくの花曇りで、きょうは見えない。

（ふむ）

すぐに平川天神前まできて、思わず勘兵衛は網代笠の下で微笑んだ。

門前町の角に瀬戸物屋があったが、そこの店番よろしく、小ぶりな胡床《あぐら》を広げて座っている男がいる。

縞の着物に紺の前掛けをして、お店者《たなもの》を装っているが、次郎吉の手下の一人、為五郎《ためごろう》にちがいない。

為五郎は片肘ついて、一心に坂下のほうを見つめている。

御家中屋敷の出入りを見張っているのだ。

「為五郎さん」

背後から小さく声をかけると、為五郎はぎょっとした様子で振り返った。

勘兵衛が片手で、網代笠を上げると、

「ああ、こりゃあ」

立ち上がって、ぺこりと頭を下げてきた。

「また、厄介をかけるな」

「とんでもねえことで、まあだ、あの大男は見かけやせんが」

「そうか。で、次郎吉さんは、どこにいなさる」

「へい。親分なら、三河台のほうを善次郎《ぜんじろう》あにいと入れ替わりで、今は居酒屋のはずですぜ」

次郎吉と、手下の為五郎、善次郎に藤吉《とうきち》の四名で、下屋敷に御家中屋敷、中屋敷を輪番で見張っているのだという。

その間、［武蔵屋］において、食事と休息を兼ねて見張り、六ツ半（午後七時）ごろには各見張りを打ち切り、最後には全員が［武蔵屋］に集合という段取りだそうだ。

「そうか。せっかくの休息中を悪いが、すまぬが親分をここに呼んではもらえぬか。その間、ここの見張りは俺がしておこう」

「合点」

言うと為五郎は手早く胡床を畳み、前掛けをはずして尻っ端折りになった。

それから、ひとまとめに風呂敷包みにすると、

「しばらく、お待ちくだせぇ」

もう一度ぺこりと頭を下げて、坂上に駆けだしていった。

（なるほどな……）

ちょいと手を加えただけで、もうお店者には見えない。

お店者が、こんな時刻に居酒屋に入るのを怪しまれない工夫であろう。

待つほどもなく、坂上から次郎吉がやってきた。

姿形《なり》はというと、木綿縞の股引に腹掛けをして印半纏を羽織っている。

足下は向こう臑《ずね》を保護する脚絆がけで、つっかけ草履であった。

これで、道具でも持たせれば、大工にも見えるし、植木職人にも見える。

植木職人なら、武家地を張り込んでいても、いずれかの出入り職人と思われて、怪しまれることはない。

「さっそくに、動いてもらってすまぬな」

勘兵衛はまず、次郎吉に謝意を伝えて、

「ほかでもない。なにかあったときの俺への連絡方法だ」

「へい。いかがいたしやしょうか」

次郎吉は四角張ったいかつい顔だが、目に愛敬がある。三十七歳の男盛りだ。

「俺の行き先は、必ず八次郎に伝えておくゆえ、露月町のほうへ頼む」

ここしばらくは、多忙な日日になりそうであった。

外出も増えようし、その予定すら定まらない。

それで、そのことだけは伝えておく必要があった。

3

まさに、目のまわるような忙しさである。

だが、それも気持ちのうえだけで、実際の勘兵衛は、松田の役宅でも、町宿に戻ってからも、ただひたすらに沈思黙考を続けていた。

そんな勘兵衛を、若党の八次郎は、もう慣れっこになっているが、新妻の園枝は落ち着かない。

「なにごとか、ございましたか」

尋ねてくるのに、

「今はつまびらかには申せぬが、厄介ごとがあるのはたしかだ。これから少少、思いもかけぬ客人も増えようが、決してうろたえてはならぬ」

「はい……」

目を瞠ったが、もちろん訳がわかろうはずもない。

「ま、俺の職務とは、そういうものだ。心配には及ばぬ。ただ、これから見聞することは、たとえ耳にしたとて、決して他に洩らしてはならぬ。ひささんにも、くれぐれも申し聞かせておいてくれ」

ひさは、園枝が勘兵衛に嫁いでくるにあたって、故郷の大野から連れてきた付き女中である。

「承知いたしました」

元来が聡明な園枝だから、それ以上のことは尋ねず、一文字に口を結んでうなずいた。

伊波利三との約束どおり、若君夫妻と近習たちは、十一日、十二日の二日をかけて、目立たぬように芝高輪の下屋敷から、愛宕下の上屋敷へと無事に移った。

そして松田とも打ち合わせた結果、いよいよ伊波と塩川に秘事を明かすのは十四日と決まった。

その日、勘兵衛が、いつものように江戸留守居役の役宅に顔を出して執務室に入り、刀掛けに大刀を置くのを見て、

「ほ……」

と、松田が声を出した。

この一年と少し愛用の、銘、埋忠明寿《うめただみようじゆ》の長刀を、きょうは以前に使っていた刀に替えてきたからだ。

「いや、なにしろ、あれでは目立ちますもので」

「ふうん」

松田は笑ったが、いかにも満足げな笑いであった。

戦《いくさ》がなくなったこともあるが、勘兵衛が生まれたころの江戸では、すれちがいに刀の鞘が当たったのが原因で、街角のあちこちで斬り合いが多発した。鞘当てという。

そこで十五年ほど前の寛文二年（一六六二）に、幕府は刀は二尺八寸（約八五チセン）以下、脇差は一尺八寸（約五五チセン）以下との禁令を出した。

それで、近ごろ作られる新刀は、日ごとに短くなってきて、刀身が二尺三寸（約七〇チセン）前後の、短いものばかりになってきている。

だが、逆に幕府旗本衆のなかには、武士の意地から反撥して、わざと先祖伝来の長い刀を腰にする者や、四尺（約一・二メートル）もの刀を拵える見栄坊もいる。

時代は、そんな狭間《はざま》にあった。

勘兵衛が元服に際して父親から与えられた刀は刃渡りが二尺四寸五分（約七四センチ）、柄頭《つかがしら》は八寸であった。

ところが、三尺一寸（約九四センチ）もの大太刀を使う故百笑《どうめき》火風斎から〈残月の剣〉の秘剣を伝えられる際に、勘兵衛の身長からすれば、二尺七寸ほどはほしいところだ、との忠言を得た。

だが、火風斎の助言どおりに二尺七寸の古刀物を探したが、この江戸で、どうしても見つけることができなかった。

そんなとき、一見《いちげん》の客は相手にしない岩附町《いわつきちょう》の［京下り播磨］店に、二尺六寸五分（約八〇センチ）の長刀があると教えてくれたのが、この松田であった。

それが、埋忠明寿であった。

一目見て勘兵衛は、その虜《とりこ》となった。

鞘こそ武骨なほどに地味であるが、刀身には流麗な浮き彫りが施されていたのである。

そこで八寸の柄を、八寸五分に作り替えてもらった。

その結果——。

自己顕示のために腰にするのではないが、人の目には、ずいぶんと目立つ長刀になってしまった。

今でこそ馴れたが、最初のうちは——。

若輩者のくせに、あのような刀を……と因縁をつけられるのを避けるために、常に塗笠をつけるほどの用心をしたものだ。

だが、新たに湧き起こった事態を迎え、

(なんとしても、目立ってはならぬ)

それで、人目を引きかねない埋忠明寿は家に置いて、きょうから昔の刀に替えたのである。

松田とは、すでに昨日のうちに手筈のほどを決めていたが、ひとつ、報告があった。

「実は……」

勘兵衛の報告を聞いて、

「ふむ。やはりのう」

別に驚いたふうも見せず松田は、

「というて、段取りを変えるほどのこともないな」

「はい。八次郎にも申しつけております」

「わしも陣八と八郎太に申しつけて、すでに準備は整えてある。万全じゃ」

「では、そろそろ……」

「うむ。伊波を呼ぼうかの」

「お願いいたします」

さっそく松田の手元役である平川武太夫が呼ばれ、平川が伊波のいる本邸中奥へ出向いていった。

やがて、伊波が現われた。

勘兵衛が迎え、

「こちらに……」

松田の執務机とは逆の、部屋の片隅に向かい合わせに座った。

勘兵衛は小声で、

「例の秘中の秘のことだ」

「おう」

伊波が真剣な表情になって、松田のほうをちらりと見た。

松田は、知らぬげに机に向かっている。

「密談ゆえに場所を選ばねばならぬ。それで我が町宿ということにした」

勘兵衛は言った。

「ふむ。なるほど」

互いに小声での会話になった。

「で、若君のご様子はいかがだ。なにか、訝《いぶ》かしんでおられる様子はないか」

勘兵衛が尋ねると、

「いや、その点は大丈夫だ。大殿さまご闘病の折ゆえ、華美を慎むべし、ということにした」

「それは、上上。で、家老のおまえと、小姓組頭の塩川が、二人とも離れて支障はないか」

「ふむ。俺のほうは、いくらでも口実がつくが、塩川のほうは、昼食後の侍講《じこう》が日課だ。それさえ終われば、あとはなんとでも時間を作れよう」

「ふむ、やはり普段どおりが良いであろうな。いつもは、いつごろに終わるのだ」

「半刻（一時間）ほどの講義だからな、八ッ半（午後三時）までには終わろう」

「そうか。では、用心に越したことはない。おまえと塩川は時間をずらして、露月町の町宿まで出向いてもらいたい。まずは、おまえが、それから、塩川という順だ」

「なに、別べつにか」

「ふむ。早くも、若君が、こちらに移られたことは、敵の知るところとなったらしい。今朝方から、この屋敷は見張られておるようだ」

「なに！」

にわかに伊波は、緊張の表情を浮かべ、

「どこの、どやつだ」

怒りを含んだ声音《こわね》になった。

「ま、そのことも、おまえと塩川が揃ったところで話そうほどに……」

「ううむ。そうだな」

実は、今朝も早朝のうちである。

勘兵衛が朝食前の日課としている、庭での剣の稽古のさいちゅうに、［冬瓜の次郎吉］の子分で、俊足の善次郎がやってきた。

昨夕に、例の、左手の甲に鶉の卵ほどの黒痣がある、六尺を越えようという大男が［武蔵屋］に現われたそうだ。

――それも、総勢八人で小上がりに上がったんでやすが、あいにく小上がりが満席だったもんで、話の内容までは聞けやせんでしたが、尾行は、うまくいきやした。大男と、目が細くて吊り上がった小柄な男の二人は、居酒屋からほど近い御家中屋敷へ、残る六人は赤坂御門を出て、三河台の中屋敷へ帰っていったという。

それで勘兵衛は、愛宕下の屋敷に入る前、きょうは特に念入りに探ったところ、無地の単衣に軽衫《かるさん》（ズボンを真似た袴《はかま》）で、頭には網代笠という姿《なり》の、怪しい侍の姿を二人見かけた。

（芸のないやつらだ……）

思わず勘兵衛が苦笑したのも、その恰好は、三年前のときと、まるで変わらないからであった。

勘兵衛は、伊波に続けた。

「それで用心が必要だ。昼飯を終えたあと、もう一度、ここへ顔を出してくれ。手筈のほどは、松田さまの若党、新高八郎太が心得ている。八郎太の案内に従ってくれ」

「承知した」

「うん。それから、塩川のほうだが、こちらは、俺の若党の八次郎が同様に案内する。まずは、この松田さまの役宅にこられたい、と伝えてくれ」

「よし、必ず伝える」

答えながら、伊波が机に向かっている松田のほうを見ると、今度は松田が、うんうんとうなずきながら笑っている。

対して伊波が、小さく頭を下げた。

「では、俺は先に露月町の町宿に戻っておる。のちほど会おう」

「あいわかった」

伊波が立ち上がるのと同時に、勘兵衛も立った。

4

切手門から愛宕下通りに出た勘兵衛は、いつもの帰り道を変えて南に向かった。

きょうは、春もたけなわのうららかな日和《ひより》で、小鳥の囀《さえず》りも賑賑しい。

（尾行は、ないようだ）

後方の気配を読みながら、勘兵衛は徳川家の菩提寺である広度院の北壁のところを左折した。

勘兵衛が先ほどに通過した青松寺の山門には、やはり網代笠をかぶった軽衫姿の人影があった。

広度院の奥は、もう増上寺である。

その御成門近くに、桜草《さくらそう》売りが荷を下ろして休息中であった。

この季節――。

可憐な薄紅の花が群生しているのを、土焼きの小鉢に植えつけて、天秤棒の両端に担って、「エーッ、桜草や桜草」と、頭のてっぺんから出るような声で町町を売り歩いている。

（ふむ……）

思いついて勘兵衛は近寄り、

「一鉢もらおうか」

「へい。こりゃ、どうも……」

園枝へのみやげにするのにくわえて、なおも慎重に尾行のないことを確かめる。

左手に桜草の小鉢を提げて、勘兵衛は増上寺の北壁に沿って進んだ。

土橋で宇田川を渡り、最初の角を左折すると、もうその道は日蔭町通りであった。

再び土橋で宇田川を渡るあたりが宇田川町裏、続いて北に柴井町裏、露月町裏と続く。

きょうは丸窓菱垣から庭を覗くこともなく、町宿の引き戸を開けて玄関土間に立った。

「戻ったぞ」

玄関脇の控えの間から、若党の八次郎が飛び出してきた。

「あれ……」

勘兵衛が手にした桜草の小鉢を見て、八次郎が驚いた顔になる。

かつて、ないことであった。

「園枝への、みやげだ」

「ははあ……」

多少の気恥ずかしさから左手を突き出すと、八次郎が両手で受け取る。

そこへ――。

「お帰りなさいませ」

園枝も姿を現わした。

「ご新造さま、旦那さまからのおみやげですよ」

八次郎が言うと、

「まあ、きれい……」

花びらがほどけるように、園枝が笑い、

「どうも、ありがとうございます。さっそく庭に植え替えましょう」

「そうしてくれ。ところで八次郎、大事な話がある」

八次郎には、きょう戻るまで、どこにも外出せぬように、とは話しておいたが、まだ詳しい話はしていなかった。

部屋に入り、さっそく言った。

「このあと、すぐに松田さまのところへ行ってくれ」

「ははあ……。して、どのような御用向きで」

「うむ。実は、のちほど、伊波利三と、義兄上……塩川七之丞が、この家《や》にやってくる」

「え、さようで」

「うむ。ところが、いわゆる、微行《おしのび》というやつでな。家中の者にも知られてはならぬし、愛宕下の屋敷を見張る曲者もおる、というわけだ」

「なんと、またでございますか。いや、懲りないやつらで……」

八次郎のどんぐり目が丸くなった。

すでに［冬瓜の次郎吉］のところに使いにやったから、おおかたの事情は飲み込んでいるようだ。

「それでな」

「はい」

「伊波は、そなたの兄の八郎太が、秘かにここへ案内してくる。おまえには、義兄上のほうを頼みたい」

「はい」

「して、その段取りのほどだがな」

「はい」

「例によって、そなたの実家を使う準備ができておる」

「ははあ、変装でございますな」

八次郎がうなずいた。

「そういうことだ」

松田も、しょっちゅう使っている手であった。

八次郎の実家というのは、愛宕下の屋敷からも近い善右衛門町にある新高陣八の町宿で、外桜田の新シ橋のそばであった。

そこに陣八が戻るのは月に数度で、いつもは八次郎の母である、おふくが一人で家を守っている。

「わかっているだろうが、愛宕下通りを使って行くではないぞ。見たところ、見張りがおる場所は円福寺の山門と、青松寺の山門のところであったが、並び茶屋のなかにもおるかもしれん」

いずれも愛宕山下に建つ寺で、桜川に沿う並び茶屋には、葦簀張りの仮小屋もあれば、居付《いつき》の水茶屋もある。

「委細、承知でございます。遠まわりになっても、めくらましの道を選び、尾行がないかどうかも、十分に留意いたします。ところで、なにに化けますんで？」

「ふむ。伊波には、笠で面体を隠した御家人に、塩川には中間《ちゅうげん》に化けてもらうつもりだ」

「へえっ、お中間に、でございますか」

「気の毒だがな」

「で、わたしはどのような」

「おまえは、熨斗目《のしめ》裃《かみしも》をつけてな。歴とした侍を気取れ。それで風呂敷に包んだ菓子折を準備しておるから、それを持って、堂堂と塩川を案内してくればよい」

「ははあ、なるほど……」

善右衛門町から、露月町裏の町宿までは、どこをどう通ろうとも、大名屋敷や旗本屋敷ばかりの武家地であった。

そんななか、進物を届ける侍が草履取りを供にして歩くのは、ごくごく日常の光景なのであった。

「ま、今から行けば、まだ、兄の八郎太どのもおられよう。二人で、いろいろ相談しろ」

「わかりました。では、さっそく」

八次郎は、張り切って出かけていった。

そのあとで、勘兵衛は園枝を呼んだ。

「実は、きょう、伊波利三と義兄上が、ここにこられる」

「まあ、ほんとうですか」

園枝が、嬉しそうに微笑んだ。

「残念ながら、おまえとゆっくり話している暇はないだろう。もう、うすうす気づいておろうが、お家の大事があってな。お二人が、ここにくるのは、人目を憚っての密談があってのことだ」

「まあ……。それではいたしかたございませんね。承知をいたしました」

「密談には、二階の六畳の間を使う。それで、ちょいと片づけてな。その間、誰も二階に上げてはならぬ」

「はい」

二階には、元もと六畳と八畳の二部屋があったのを、八畳の部屋に手を入れて二つに分け、飯炊きの長助と、園枝の女中、ひさの寝所にしていた。

「で、いつごろお見えなのでしょう」

「昼飯を終えたのちなので、伊波がくるのは八ツ（午後二時）ごろであろう。義兄上のほうは、それより一刻ばかり遅れて、ということになろうな」

「そうですか。では、茶菓などは、いかがいたしましょう」

「ふむ。菓子は、八次郎が義兄上を案内がてら持参する。茶のほうは、冷えてもかまわぬように、麦湯を多めに作っておいてくれ」

「わかりました。ほかには……」

「うん。そうそう、伊波も義兄上も、思いがけぬ姿で現われるやもしれぬが、びっくりせぬように」

笑いを含んだ声で言うと、

「なにやら、楽しそうでございますな」

園枝が、軽く睨んできた。

「いやいや、楽しくなどはあるものか。お家の大事、と言うたであろう」

その実、勘兵衛の裡では、激しく血が騒いでいる。

ひとつには、親友である伊波や塩川に、これまでどうしても打ち明けることのできずに抱え込んでいた秘密を、ようやく話すことができる、という解放感があった。

また、ひとつには、小栗美作に対する激しい闘争心があった。

勘兵衛は、さらに続けた。

「それからな。伊波や義兄上の出迎えは、おまえに頼みたい。俺は、その間、二階のほうにおるでな」

「…………」

園枝は、しばらく無言で勘兵衛を見つめ、やがて言った。

「つまり、二階の格子出窓から、尾行のあるなし、を確かめなさるのでございますな」

「や……！」

見事に言い当てられて、驚く勘兵衛を尻目に、

「では、早めの昼餉といたしましょう。長助爺《じい》とひさに申しつけてまいります」

園枝は、さっさと部屋を出ていった。

5

翌朝、このところ恒例となっている、屋敷まわりの巡察をおこなって、勘兵衛は小さく首を傾げた。

どこにも、藪蚊の姿が見当たらない。

「………」

(どういうことだ?)

納得のいかない思いを胸に、勘兵衛はいつものように松田の役宅に顔を出した。

すると松田が、

「無事にすんだようだの」

すでに八郎太の報告を受けたらしく、そう言ってきた。

きのう新高八郎太は、伊波と塩川との密談が終わるまで、八次郎とともに町宿の控えの間で待ち、二人して善右衛門町の町宿で両人の変装を解かせたのちに、愛宕下の屋敷に戻したのである。

「おかげさまにて、つつがなく」

「で、どうであった」

「は、塩川は、心持ち青ざめ、伊波は激高いたしましたが、最後には落ち着きました」

「うむ、そうか。で、なんというて、落ち着かせた」

「なにしろ相手は、飛ぶ鳥を落とすほどの権勢をふるう幕府の大老に、越前松平家の宗家であり、徳川御三家に次ぐ家の国家老ゆえ、まともに喧嘩をするわけにはいかぬ、と……」

「そういうことじゃ」

「それから、伊波と塩川が口ぐちに申すのは、若君国帰りの道中を狙って、なにか仕掛けてくるは必定。その対策について、話し合おうではないか、と」

「ま、そういうことになろうな。で、話しおうたか」

「いえ、そのことについては、すでに熟考を重ねておるが、伊波や塩川の考えもあろう。両人ともに熟慮を願ったそのうえで、日を改めてのことにしたい、と申しておきました」

「ふむ、上出来じゃ」

松田は深くうなずき、

「実はの、若君の江戸出立の日は、四月の十日と決めて、きのうのうちに幕閣に届けた。すぐにも許可が下りよう」

「来月の十日……」

もう、ひと月もない。

「そうそう先延ばしもできぬでな。大安か、先勝の日を選ぼうとすると、そういうことになったのじゃ。四月十日は先勝のうえ、万倍日にもあたる」

「なるほど」

「となると、道中の各本陣にも手配が必要じゃ。さっそく届けを出すのと同時に、使いも送っておいた」

「すると、殿さまの国帰りと、同じ道中ということになりましょうか」

「さよう。東海道から北国街道に入り、福井、勝山を経てお国入りということになる」

「そうですか。で、供揃えの規模は、どのくらいをお考えでしょう」

「ふむ。これは伊波とも相談をせねばならぬが、若君にとっては、いかに父御の見舞とはいえ、初のご帰国も同様ゆえ、そうそう貧弱な行粧《ぎょうそう》というわけにもいくまい。もっとも、大名行列ではないから、そこそこにな。五十名くらいでよかろうか、と思うておるのじゃが」

「ははあ、五十名ですか」

それでも、たいそうな行列にはちがいない。

襲撃するにしても……と考えはじめたとき、

「あ……」

勘兵衛は、なぜ、きょうは愛宕下通りに藪蚊がいなかったのか、に気づいた。

「どうした」

「はい、それが……」

勘兵衛が見張りたちが消えたことを報告すると、松田は苦笑して、

「ふーん。それにしても早いのう」

あきれた声になった。

「まことに……」

幕閣に届けを出した、きのうの、きょうである。

それも、本来なら、そんな届け出ひとつにいちいち、大老が関わるはずもない。

だが、この素早さを見れば、我が藩から、なにか届けが出されれば、すみやかに酒井大老の耳に入るような手段が弄《ろう》されているのであろう。

小栗美作だけに向けられていた勘兵衛の闘志は、いまや酒井大老にも向かっていた。

(必ずや、一泡吹かせずにおくものか)

そんな気持ちが、表情にも出たのであろうか、

「これ、勘兵衛、そのように熱《いき》った顔をするでない」

松田が、からかうような声を出し、続けた。

「それより、どうじゃ、今宵あたり、久しぶりに、あの湯桶《ゆとう》茶漬けを食わぬか」

「湯桶茶漬け……、ははあ、あの鰹出汁《かつおだし》の……」

「そうそう。日暮れての……六ツ半(午後七時)ごろでどうじゃ」

「承知いたしました」

場所や店の名などは、言わずとも通じる秘密の場所であった。

(今度が、三度目となるか……)

最初は、二年前の十一月であった。

あのころ――。

故郷の大野からきた家士の一人が斬殺される、という事件と、弟の藤次郎《とうじろう》が奉職する大和郡山《やまとこおりやま》本藩と、分藩との水面下の闘争にも関わっていたころである。

(おのれ……)

（相変わらず、息を継ぐ間もないような）

多忙の続いた、来《こ》し方を思う。

それだけに、このところの——。

園枝と一緒になって、半年ばかりの平穏な日日が、まるで宝物のように思えた。

だが、そんなささやかな日常も、また破られようとしていた。

このところ勘兵衛は、二勤一休どころではなくなって、毎日、愛宕下に出勤していた。

そこで勘兵衛は、

「では六ツ半に、ということで、きょうは帰らせていただいても、よろしゅうございましょうか」

すると松田は顔をほころばせて、

「そうしろ、そうしろ。新妻を、ほうっておくと、ろくなことはないぞ」

からかいぎみに言ったあと、

「そうじゃ。きょうはたしか、芝の鹿島《かしまの》神社あたりで祭があったはずじゃぞ」

と教えてくれた。

「そうですか」

芝四丁目の海際に建つ鹿島社は、勘兵衛にも思い出がある。
なにより、芝浜から海を眺めるのが好きな園枝も喜ぶだろう。

奇策

1

昔は柴村と呼ばれ、わずかに七軒しかなかった半農半漁の寒村が、東海道の整備によって発展したのが芝町である。

芝浜に面した、この町は、のちに本芝と、はえぬきの由緒を誇るように名を変えるが、この地の産土神《うぶすな》が、芝通りから西に入ったところにある御穂《みほ》神社であった。

一方、寛永（一六二四〜一六四四）のころ、常陸国《ひたちのくに》（茨城県）の鹿島神社から流れ出た祠《ほこら》が、ここの浜に漂着したという縁起で建てられた鹿島神社は、創建されてから、そう年月はたっていない。

従って、毎年三月十五日に、この二つの神社が合同の祭礼をはじめたのも、近ごろのことであろう。

この祭は、その後も時代を超えて長く続いていたが、昭和の終焉とともに絶えてしまった。

しかし、平成十八年に両社を合祀して、〈御穂鹿嶋《みほかしま》神社〉の社殿を新たに建立したのちは、平成二十年から隔年で、六月十日に祭礼が復活した、と仄聞《そくぶん》する。

だが、そのようなことは、もちろん物語とは関係がない。

露月町裏の町宿に入る際、入口石畳のところから丸窓菱垣に顔を近づけると、園枝が庭の片隅に、きのう勘兵衛が買い求めてきた桜草を植えていた。

顔をほころばせたあと、勘兵衛が引き戸を開けると、襷がけで箒を持ち、掃き掃除をしていた八次郎が目を丸くした。

「なにごとか、ございましたか」

「いやいや、そうではない」

なにしろ、勘兵衛が愛宕下に出勤していって、半刻あまりで戻ってきたのだから、八次郎が驚くのも無理はない。

「このところ、休みもなかったので、早帰りしたのだ」

「さようで、いや驚きました」

「それより八次郎、きょう、芝の鹿島社で祭礼があるのを知っておるか」

「はい、はい。先ほど表を掃いておりましたら、隣りの医者のところにきた患者が、そのようなことを言うておりました。なんでも、宮神輿《みやみこし》の船渡御《ふなとぎょ》もあるそうで」

町宿の右隣りは土岐哲庵《ときてつあん》という町医者で、左隣りは、大蔵流能小鼓の仁右衛門《にえもん》という人物の住居であった。

勘兵衛は、引っ越しの際の挨拶で、どちらも一度顔を合わせただけである。

「もしや、祭に出かけようというので……」

八次郎が顔を輝かせたが、

「待て、待て、女房どのの都合を聞いてからのことだ」

「あ、それはそうでございましたな」

「うん。おまえは掃除を続けていろ」

言って廊下を曲がり縁側に出ると、
勘兵衛に気づいた園枝が小走りにやってきて、

「あら、あなた」

「なにごとか、ございましたか」

八次郎と同じことを言う。

「いや、案ずるな。そうではない」

答えて勘兵衛が、縁側に腰を下ろすと、園枝も並んで隣りに座った。

園枝が植えた桜草は、薄紅色に彩りを添えていたが、あまりにも、ちんまりしている。

「もう少し、買い求めてくればよかったかな」

「いえ、株分けをして、少しずつ広げてまいりますから」

「ほう。そんなことができるのか」

「はい、正月のころが株分けの季節とか。ひさに教えてもらいました」

「そうか。いや、ここのところ、しばらく休みも取れなかったのでな、きょうは早めに帰らせてもらった」

「嬉しゅうございます」

まだ新米の夫婦の会話となった。

「しかし、夕刻には、松田さまと会食の約束がある」

「まあ、どちらまで、お出かけですか」

「うん。それがなあ……」

思わず勘兵衛が言いよどんだ。

「江戸には、遊所も多いと聞きます。そういうところでございますか」

「おいおい」

これでは、うっかり物も言えぬではないか、と勘兵衛は冷や汗ものである。

「実は、会食とは名ばかりの、実は密談のための秘密の場所なのだ」

「秘密の……」

下からすくうように、園枝の目が光った。

（まあ、秘密は秘密だが……）

少しいたずら心も芽生えて——。

「よいか。このこと、誰にも洩らすなよ。八次郎にさえ、教えておらぬことゆえにな」

「はい、はい。誰にも洩らしませんよ」

「詳しい場所までは申せぬが、秘密というのはほかでもない。実は、あの松田さまのな」

「はい、江戸留守居さまの……」

「ほんとうに洩らすなよ」

「大丈夫です。焦れったいじゃございませんか」

「つまりは、松田さまには内緒の女がおられてな」

「おめかけさん？」

「そう」

「まあ！」

「それを知っているのは、八次郎の父君と俺の二人だけだ。ま、そういうことだ」

「その女《ひと》、なにか、お商売をなされているんですか」

「うん。茶漬け屋をな。それゆえ、会食というても、茶漬けを食うだけだ」

「ふうん。あの、松田さまがねぇ」

園枝が複雑そうな声になるのを躱すように、

「茶漬けというても、少少変わった茶漬けでな。ま、茶漬けというより湯桶《ゆとう》漬けとでもいおうか……。もっとも、松田さまの好物だそうで、店で出しているわけではないのだが――」

炊きたての白飯の上に近江漬《おみづけ》を細かく刻んだのを盛って、下ろし山葵《わさび》を添え、湯桶に入れた、たっぷりの鰹出汁《かつおだし》をぶっかけて食うのだ、と勘兵衛は説明したが、園枝は興味も示さず、

「それでは、松田さまのご妻女が、あまりにお気の毒ではございませんか」

「え……、松田さまに……ご妻女がおられるのか」

勘兵衛は、そのような話は聞いたことがない。

「おられますとも。お糸《いと》さまとおっしゃって、七軒西町《しちけんにしまち》で、おかわいそうに、もうずっと、お一人で暮らしていらっしゃいます」

「いや、それは初耳だ」

七軒西町は、故郷の大野ではもっとも繁華な、商家が居並ぶところだった。

「ですから、殿御というのは薄情なのです」

また、雲行きが怪しくなりそうになったので、

「それより、園枝。きょうは芝浜あたりが祭だそうだ。松田さまとの約束の時刻まで、十分に時間もあるゆえ、祭見物というのはどうだ」

「ほんとうですか。まあ、嬉しい」

あっという間に園枝の機嫌が変わり、

「ひささんも、お連れしていいかしら」

「もちろんだ。八次郎も連れていこう」

「じゃあ、早く支度をしなければ」

飛び立つような園枝に、

「おいおい、時間はたっぷりあるし、芝浜まではすぐだ。出かけるのは、昼餉をすませてからで大丈夫だろう」

「いえ。おにぎりの弁当でも作りましょう。早く出かけましょうよ」

結局のところ、園枝に押し切られてしまった。

2

飯炊きの長助を留守番に、四人で芝浜の祭を堪能し、日暮れ前には町宿に戻った。

「では、行ってまいるぞ」

日もとっぷりと暮れたころ、勘兵衛は町宿を出た。

「明かりは、よろしいのですか」

「なに。今宵は満月だ」

それに、実のところ、園枝に言った秘密の場所までは、わずかに五、六町（五〇〇～六〇〇㍍）の距離しかない。

秋のように冴え冴えとはいかないけれど、いかにも春めいた、まん丸な朧月《おぼろづき》が中天に浮かんでいた。

松田が囲う女はおこうといって、芝神明門前町《しばしんめい》で「かりがね」という茶漬け屋を営んでいる。

里俗《りぞく》に芝神明、あるいは芝明神と呼びならわされる、正式には飯倉《いいくら》神明宮は、増上寺の大門近くだ。

勘兵衛が神明門前町の裏道に入ると、迷路のように細い路地が入り組んでいて、ところどころには化粧の濃い女が佇み、巧みな鼠泣《ねずな》きで客を誘う。

「かりがね」は、そんな一画にあった。

茶色の長暖簾がかかっているが、右手の生け垣に目立たぬ枝折《しお》り戸がある。

勘兵衛は、通行の人が途切れるのを待って、素早く枝折り戸の内に入った。

奥に細長く庭が伸び、玉砂利の先に石畳が続いている。

玉砂利を踏んだ音に気づいたか、灯火が滲んでいた障子が開いた。

顔を覗かせたのは女将のおこうで、すでに松田は、いつものように十畳の座敷で床柱を背にして、凭《もた》れていた。

ここは「かりがね」の客は入れない、松田専用の座敷である。

「遅う、なりました」

「なんの。早うきたのは、わしのほうじゃ。ほれ、前にも言うたと思うが、出雲産のアゴが手に入ったのでな、それを持ってきたのじゃ」

「アゴというと、たしか飛び魚でございましたな」

「うむ。それも、出汁にとろうというのは本《ほん》トビの幼魚でなければならぬのよ。そやつを焼いて、天日干しにしたものじゃ。冷やし汁にしてぶっかけるのが逸品なのだが、まだ夏場でもなし、まあ、きょうはあつあつということでの」

言って松田は、傍らの女将に、

「どうじゃ。もう、支度はできておろうな」

「はい。いつにても」

「では、まず食おう。空腹では話に力が入らぬわ」

すぐに膳が運ばれてきた。

「ふうむ、これは」

大ぶりの湯桶に入れられたアゴ出汁は、鰹に比べて茶褐色だが、なるほど濃厚で荒々しい風味があった。

それを補うように、今回は近江漬と下ろし山葵のほかに、刻んだ切り三つ葉が添えられていた。

「さて……」

食事の後片付けも終わって、松田がおもむろに切り出してきた。

「去年、国帰りしたおまえの目から見て、道中に危なそうな場所はあったかの」

もちろん、若君の道中が襲撃されそうな場所であろう。

「はい、この間から、つらつら考えておりましたが、天下の東海道は通行も多く、ちょうど参勤交代の時期でもございますから、沿道に役人も多く出ているはず……。箱根山越え以外では、まず襲ってはまいりますまい」

「ふむ」

「あとは、美濃路に中山道、それに北国街道もまた交通は繁多。しかし、いくつもの峠越えがありますので、油断は大敵でございます」

「もちろんじゃ。じゃが、いちいち、物見を立てたうえでの行軍《こうぐん》となれば、敵もそうそうは動けまい」

「それはそうでございましょうが、敵の人数も定かではございませんし……」

「ふむ」

松田が眉根を寄せて、

「次郎吉が見たのは、八人ということじゃったが……」

「はい。しかし、敵は二十六万石の家、これが最後の機会と捉え、どれほどの人数を差し向けてこないともかぎりません」

「それは、そうだが、二十六万石の家じゃからこその体面もあろう。失敗にせよ成功にせよ、決して御家の名が出ぬようにと配慮するはずだ。そう大人数では、かかれまいよ」

「それは、仰せのとおりです」

きのうまでの見張りだって、無紋の単衣《ひとえ》で、ひっそりとだった。

「というても、なるほど、若君を亡き者とするのは、これが最後の機会となろうゆえになあ。いやあ、悩ましいかぎりじゃ」

松田は、しきりに頭を振ってから、続けた。

「すでに敵は、若君の江戸出立日を知っておる。さらには、参勤での国帰り道中の本陣や脇本陣についても、とうに調べがついておるであろう。さすれば、いつのいつごろに、どこらあたりを通るかもつかまれている、ということじゃ。頭が痛いのう」

まことに、松田の言うとおりであった。

「ところで、わたしは、昨年の国帰りの際、福井から計石《はかりいし》村経由で国入りをいたしましたので、勝山街道のことを知らないのですが……」

参勤交代で国帰りの際に使われるのは、福井から勝山を通って大野に戻ると聞いているが、その実際の道を、勘兵衛は経験したことがなかった。

すると、松田が懐を探り、一枚の大きな絵図を取り出して広げた。

「これが、福井より松岡、勝山を通って大野への街道図じゃ」

言って、扇子の端でまず福井を指した。

その扇子が、道筋に沿って動く。

「ここ、福井城下の志比口《しいぐち》を出て芝原上水に沿って東へと進む」

芝原上水は、九頭竜《くずりゅう》川左岸に堰《せき》を設けて、福井城下へ生活用水を運ぶ水路である。

松田の説明が続く。

「芝原上水は、松岡の陣屋町がある芝原郷から、およそ二里半（約一〇キロメートル）、川幅三間（約五・五メートル）で続くのじゃが、その水路の途中が、ここ松岡じゃ」

越前松岡藩五万石、城はない陣屋町であったが、先の福井藩後継者の騒動で、新たに福井藩主の座についた松平綱昌の実父の松平綱勝《つなかつ》が、ここの領主である。

「ま、この松岡までは、問題はなかろう。さて、さらに東へ、この東古市《ひがしふるいち》村というところは、勝山街道三駅のひとつで、宿駅がある」

「そこまで、特に難所はございませんか」

「特にはな」

松田が扇子で指すあたりは、ちょうど十字路になっていて、南の諏訪間谷《すわまだに》に入れば永平寺《えいへいじ》にいたり、北へ向かえば九頭竜川に突き当たって、対岸の鳴鹿山鹿村《なるかさんか》へは鳴鹿の渡しがあるようだ。

そして東には――。

絵図の地名を高橋村、谷口村、花谷村、光明寺村、轟村、野中村、牧福島村と目で追っていた勘兵衛が、次の山王村《さんのう》に目をとめて、

「あ、もしや、この山王村というのは、我が飛び領ではございませぬか」

「おう、よう気づいたな」

松田は、扇子を一気に進めて山王村を指し、

「この地は、我が殿の兄君である直政《なおまさ》公が、越前大野を賜わったとき以来の、我が領地でな」

松平直政は、その後に信濃松本藩を経て、出雲松江藩の藩祖になった。

「このようなところを、飛び領にしたのはほかでもない。ここを大野と福井の中継地とするためじゃ。それゆえ、ここに伝馬の駅を置き、さらに宿場町ともなっておる。実は、ここに我が本陣もあるのだ。参府のときには最初の宿となり、国帰りの折には、最後の宿となる」

と、いうのも、と松田の話は続いた。

福井から勝山までは八里あり、間に九頭竜川を渡らねばならないので、まる一日を費やす距離であった。

それで、間に、どうしても本陣が必要だったわけだ。

勘兵衛が、昨年国帰りした道程では、最後に坂戸峠を越えなければならないが、そこはあまりに急坂すぎて、大名行列の通行が困難だったからである。

「そのようなわけで、この山王村の本陣に、我が大野から警固の士を差し向けてもよい。さすれば、福井まで出迎えと称して出役して、福井と大野間の備えは十分ではないか」

「それは、そうでございますな。ところで、その間に、難所というところはございましょうか」

勘兵衛は、あくまで慎重であった。

3

「ふむ。さすれば……」

松田の扇子が動いて、九頭竜川の畔で止まった。

「ここ、中島村に小舟渡《こふなと》の渡しがあって、対岸の森川村には、舟で九頭竜川を越えねばならぬ。難所といえば、ここがいちばんであろうな」

「…………」

ここを過ぎれば、やがて、勘兵衛の主君の松平直良が、かつて三万五千石の藩主であった勝山の町に入るのだが、直良が大野に移ったのちは、幕府領となって福井藩の預かり地となっている。

(今さら、福井藩が片棒を担ぐとは思えぬが……)

勘兵衛の視線は、さらに絵図を追う。

「あとは、大渡《おおわたり》村から下荒井《しもあらい》の渡しで、再び九頭竜川を渡れば、下荒井村……で、ございますな」

「うむ。大野城下まで、一里ほどじゃ」

「たしか、下荒井村は勝山藩領、我が領地は中荒井村からでございましたな」

「ふむ……」

「………」

「それが、気になるか」

勘兵衛が考え込むのを見て、松田が言った。

「はい。いささか」

「どのようなことじゃ」

「下荒井までは、私も行ったことがございます。九頭竜川の両岸には山が迫り、川には、いくつか中洲がございました。万一にも、そのあたりから鉄砲で狙われはせぬかと……」

「その心配なら無用じゃ。舟には、いつも駕籠ごとお乗せして、駕籠の両脇には警固の士を配しておる」

「なるほど、日ごろより、そのような対策を取られておりましたのか」

勘兵衛が、知らないだけのことであったようだ。

「安心したか」

「いえ、まだ……」

松田はあきれたような顔になった。

押して、勘兵衛は発言した。

「荒唐無稽かもしれませぬが、忍び目付、服部源次右衛門さまの、信じがたい秘技を、これまで幾たびか知ることができました。されば、越後高田にも、どのようにすぐれた忍者が存在するかもしれず、たとえば水遁《すいとん》の術やらを使って川底に潜伏し、若君が乗る舟を転覆させせぬともかぎりませせぬ」

「ううむ……」

松田はひとしきり唸り、

「まあ、心配をしだせば、際限もないが……」

と言ったあたりを見ると、勘兵衛の発言を、まんざら荒唐無稽と斬り捨てるわけにはいかなかったようだ。

暫時の無言の時間が流れて、松田は、ひょいと傍らの茶に手を伸ばし、一口飲んだのち、

「オホン」

しわぶいたあと、次には、じいっと勘兵衛の目を覗き込んだ。

「おまえ、なにやら策があるようだの」

「は、お聞き願えますか」

「言うてみよ」

「替え玉を立てる、ことを考えております」

「替え玉……！」

もぞもぞっと尻を動かし、松田の身体が近寄った。

「つまり、若君の替え玉で道中をせよと？」

「は。敵の目を欺くわけで」

「で、肝心の若君はどうする」

「出立の日をずらせ、中山道から美濃街道を使って、不肖、私が、若君を我が城下までお連れします」

「なに、おまえが……」

「は。駕籠で、というわけには参りませぬし……、まことに恐れ多いことながら、ありきたりな旅客に身を窶《やつ》していただきます。ただ、国許の目付衆を十人ばかり、若君警固のために、板橋の宿場に呼び寄せていただければ、さらに万全かと。ま、道中の宿は普通の旅籠となりましょうが」

「ふむう……」

松田が複雑な表情になったのは、暗愚とも言われている若君が、なにやら道中でしでかしはせぬか、との心配であろう。

その点は、勘兵衛も苦慮したところであったが、幕府に届けた道程をはずれた行動が、もし明らかになれば、それこそ廃嫡だけではすまぬことくらいは、若君にもわかっていよう。

だからこそ、以前に新吉原に流連《いつづけ》したときにも若君は、偽名を使っていたのである。

それに、あの新吉原の一件以来、若君の行状は大きく改まっている。

(まあ、一種の賭けだな……)

勘兵衛は、松田が、その点に、どう反応するだろうかと思っていたのだが――。

結局のところ、松田はそのことには触れず、

「で、伊波や塩川ほか、若君の近習《きんじゅ》たちはどうする」

「怪しまれてはなりませぬゆえ、替え玉とともに行列に加わっていただきます。ま、若君や、近習に、その点、どう説明をして納得させるか、これは伊波と塩川にまかせたいと思いますが、塩川なら、必ずや、よい知恵を出しましょう」

「で、肝心の替え玉はどうする。誰かあてはあるのか」

「あてとて、ございませぬが、たとえば八次郎ではいかがでしょう」

「そりゃいかん。八次郎には荷が重かろう。第一、若すぎる」

と言っても、若君は勘兵衛と同い歳の二十二歳、八次郎は十九歳である。

「ま、それは、わしが考えるとして……」

言いかけて、松田が、

「ほ。こりゃ、しまった」

あわてたように言った。

どうやら松田は、勘兵衛の奇策に乗ってきたようだ。

「では、替え玉にて、よろしゅうございますのか」

確かめた勘兵衛に、

「いや、とにかく、よくよく考えねばならぬわ。決定ではない」

言って、小さくつぶやいた。

「まったく……また、無茶を言いおってからに……」

夜も更けてきたようだ。

どこからか、犬の鳴き声が届いた。

4

すでに桜花も散ってなく、代わりに愛宕山には桃の花が目立つ。

きょうも念のため、勘兵衛は愛宕下付近を巡察したが、怪しい人影はどこにも見当たらなかった。

勘兵衛が、いつものように松田の役宅に入ると、松田は両手を挙げて伸びをしながら大あくびをしたのち、手招いた。

親指と人差し指で、涙の滲んだ目頭を押さえながら、

「おかげで、昨夜は一睡もできなんだわ」

怨じるように言って、

「もっと近う」

声を落とし、勘兵衛の耳元に話しはじめた。

「ところで先ほど、国許の大目付に文を送っておいた」

「え、それでは……」

国許の大目付というのは、園枝の父、塩川益右衛門《ますえもん》のことだから、勘兵衛にとっては義父にあたる。

「信頼の置ける目付内《うち》より、屈強な士を選んで十人ばかり、来たる四月十日の昼ごろまでに、中山道蕨宿《わらびしゅく》の問屋場《とんやば》前まで寄こされたい、と書いておいた」

「蕨宿……で、ございますか？」

「ふむ。ま、それは、のちほど説明しよう」

「はあ……」

ちょいと、腑に落ちない。

「まさか、若君を迎えにこい、とも書けぬから、おまえが極秘裏に、大切なひとをご城下までお連れするので、その警固のためである。詮索は無用のこと、さらには、これ秘事なりと念を押しておいた」

「それだけで、おわかりになられましょうか」

「それとは別途に、国家老の斉藤利正《さいとうとしまさ》どのにも書状を送った。そちらには、若君が大殿の御病気御見舞のための御国帰りに、幕閣からお許しが出たこと、そして江戸出立日は四月十日、国許到着は二十五日の予定と書いておいた。そのことは、塩川どのの耳にも入ろう。さすれば、同じ四月十日に、若君が江戸を出立し、片やでは、大切なひとを蕨宿まで迎えにこい、という両者の矛盾に、塩川どのなら気づくはずだ」

なるほど、替え玉のことは、国許においてさえ、ごく一部にしか知られてはならぬ秘事なのだ、と勘兵衛は、改めて身の引き締まる思いであった。

「で、蕨の宿と申しますのは……」

「うむ。おまえ、〈川越《かわごえ》の夜船《よぶね》〉というのを知っておるか」

「いえ」

「そうであろうな」

松田が、にんまりと笑った。

「実はの、川越から、この江戸まで、旅客の定期船があるのだ」

「へえ」

もちろん舟運はあるだろうが、旅人を乗せる便があるとは知らなかった。

「早舟《はやぶね》というてな。川越から江戸まで物資を運ぶと同時に、旅人も乗せる。川越の新《しん》河岸《がし》を出た舟は、九十九曲がりとも呼ばれる内川《うちかわ》で、川越領内の各河岸で旅人を下ろしたり乗せたり、荷の積み下ろしもしながら夜も更けて、やがて荒川に入っていくころには夜が明ける」

「ははあ」

(伏見の三十石船のようなものだな……)

京の伏見と、大坂を繋ぐ夜船に、勘兵衛は二年前の師走に乗船した。

「おまえ、最初に国許より江戸へきたときは、中山道でであったな」

「さようで」

「うむ。ならば覚えておろう。板橋の宿場で江戸入りする前に、渡し舟で荒川を渡ったであろう」

「はい。つい昨年にも八次郎と乗りました。〈戸田の渡し〉でございますな」

「それそれ、〈川越の夜船〉は、そこの戸田河岸にも立ち寄り、次が千住《せんじゅ》、そして最後が花川戸《はなかわど》なのじゃ」

「なるほど」

なんとなく、察しがついてきた。

「その舟は、逆に花川戸から川越に戻る際にも、旅人を乗せるわけですね」

「そういうことじゃ。一日半をかけての舟運じゃが、なに、戸田河岸までならば二刻《ふたとき》半《はん》（およそ五時間）ばかり……」

言って松田は、机の上から薄い冊子を取り出して丁《ちょう》（頁《ページ》）を繰り、

「早舟が、花川戸を発するのは正午と八つ時（午後二時）の二便じゃ。ま、正午の便あたりがよかろうと思うが」

「いやあ、感服つかまつりました」

勘兵衛は、本気で感心した。

このような思いつきは、勘兵衛にはできない。

なにより、その計画には、大きな利点があった。

なにしろ、若君を、多くの人目にさらすことなく、一気に江戸から出すことができる。

さらには、あの戸田の渡船場から蕨の宿までは、半里余の距離であった。

（すると、まず一夜目は、蕨の宿か……）

思いながら、勘兵衛は尋ねた。

「蕨の宿の問屋場というのは……？」

国許からの目付衆を、四月十日の昼までに、というのが松田から義父への要請であった。

松田が答えた。

「そこには、新高陣八を遣《つか》わす。それはそうと、今朝そうそうに、陣八を蕨まで向かわせたのだが、まだ着いてはおるまいの。蕨には大小合わせて二十三軒の旅籠があるが、その内の一軒を、来月十日の夜に貸し切りにしようと思うてな」

「ははあ……」

なるほど、松田が一睡もしなかった、というのは単なる与太ではなかったようだ。

手早い手配には、目を瞠るものがあった。

そして来月十日の当日、新高陣八は国許から迎えにくる目付衆と、蕨宿の問屋場前で落ち合い、貸し切りの旅籠へ案内したあと、目付衆とともに戸田の渡し場で若君を迎える、という段取りを松田は説明した。

「まだ、まだ、細かいところは、おおいに詰めていくが、大切なお方は、できるかぎり軽尻《からっちり》にてな。目立ってはならぬから、馬に従うのは一人か二人、残りは散開して前後をかためるように」

「承知いたしました」

軽尻は、正確には、からじり、というが、これは問屋場から貸し出される、旅人一人に五貫目までの荷を乗せることのできる馬のことである。

また、中山道、美濃街道を使っての大野入りには、ところどころ、馬では無理な峠道もあるのだった。

すべてを馬にて、とはいかないのである。

松田が言う。

「と、なると、今回の計画について、伊波や塩川にも、早めに了解を取らねばならぬが、わしも、ちとくたびれた。きょう一日は英気を養い、明日ということにしようか」

「は。明日でございますな。で、いずれにて……」

「おまえの町宿に決まっておろう」

「は。すると、松田さまも……?」

「わしが出んで、どうする。伊波や塩川が難色を示したとて、このわしが、ちゃんと説得をしてやろうほどに。それに、園枝どののご新造ぶりも見たいしな」

言うだけ言うと、

「どれ……」

紙を取り出し、筆を持ち、

「こたびは、高田の藪蚊どもも消えたようじゃし、この間のような手間をかけずともよかろう。七ツ（午後四時）ごろでどうかな」

「承知いたしました」

「うむ」

うなずき、さらさらとなにごとか認《したた》めて、ちょいちょいと折って糊づけし、

「おい、武太夫、武太夫はおるか」

大きく声を張りあげた。

執務室に、すぐに手元役の平川武太夫が飛んできた。

「これを、中奥の伊波家老さまにな。直接に、そっと手渡して、ひとには知られぬようにするのだぞ」

「かしこまりました」

行こうとする平川に、

「なにごともなければ、復命はいらぬ。わしゃ、これから、うたた寝をするでな。よほどのことがないかぎり、取次も不要と八郎太に伝えておいてくれ」

「かしこまりまして、ございます」

そして平川が出ていったのち、勘兵衛に、

「おまえも、もう、戻ってよいからな」

言いながら、机の向こうでごろりと横になり、

「風邪でも引いては、つまらぬ。なにか、掛けていってくれぬか」

「はい」

勘兵衛が、隅の衣紋掛《えもんか》けにあった綿入れを、松田の身体に被せたときには、もう松田は鼾《いびき》をかいていた。

足音を忍ばせ、執務室を出ながら、

(こりゃ、あすはたいへんだ)

松田までが、やってくるとなると、園枝と明日の晩飯の相談をしなければならぬな、と勘兵衛は考えている。

三社祭の船渡御《ふなとぎょ》

1

この日の夕も、為五郎は平川天神門前の瀬戸物屋の店先で、天神前の坂道を見下ろしていた。

このあたりは、家康が関東に入国したころ、鷹匠《たかじょう》の屋敷があったところで、坂を下った先は永田町に至る。

視線を上に転じれば、遥かに富士の秀峰が望まれた。

その富士の姿も、夕暮れとともに、だんだんに影が薄くなっていく。

次郎吉親分の命で、二年前と同じく越後の蝙蝠《こうもり》を探索しはじめて九日目だった。

（それにしても、見張りも、ずいぶんと楽になった……）

為五郎は、そんなことを思っている。

為五郎が居座る場所から、ほんの一町（一〇〇メートル）足らず下った西側は、越後高田藩の江戸詰や、定府の家士たちが暮らす御家中屋敷であった。

つい先日に、お目当ての輩《やから》の尾行がうまくいき、その塒《ねぐら》を突き止めることができた。

蝙蝠のうち、二人は為五郎が見張る御家中屋敷に、そして六人が赤坂三河台にある、越後高田藩の中屋敷に入ったのである。

さらには――。

蝙蝠たちの姿形《なり》が特異なのであった。

というのも、この時代、男の衣服というのは、身分によって決められていた。

一口に武家や武家奉公人といっても、中間には中間の、若党には若党の装いというものがあって、少なくとも江戸詰や定府の家士ならば、外出の際には小袖に羽織、袴というのがお定まりである。

ところが、羽織は羽織らず、無地の単衣に軽衫姿というのでは、一目で見分けがつこうというものだ。

特徴は、もうひとつあった。

江戸は、全国、津津浦浦から地方の武士が集まってくるところで、お国柄で小袖や羽織や帯などにもちがいが出るし、髷の結い方、刀の拵えにまでも特徴が出る。

そのうえ、お国ことばまでが出れば、どこの国から出てきた江戸詰か、くらいは、すぐに見当がつく。

ここから近い居酒屋には、獅子ことば（越後の方言）を話す武士が多く出入りするが、あの蝙蝠たちの髷は、大いに変わっていた。

いや、変わっているというのは、当たらないかもしれない。

昨今、江戸では唐犬額《とうけんびたい》といって、額を広く剃った髪形が、武士や庶民の間で流行している。

越後の蝙蝠たちの結髪が、まさに揃って、この唐犬額なのであった。

さて、その唐犬額なるものは、幡随院《ばんずいいん》長兵衛《ちょうべえ》の死後を継いだ町奴の頭目で、江戸の男伊達《おとこだて》と呼ばれる唐犬権兵衛《ごんべえ》の髪形を真似たものである。

変わっているというのは、この点で、越後高田の家士たちが長髷なのに対して、まことに異色であったのだ。

これを評して、次郎吉親分は、

――俺が［武蔵屋］で、再びあの大男を見かけたのは、雛祭りの翌日のことだったが、そのときにゃあ、まんだ長髷だったぜ。それが、あっという間に、あの唐犬額に変わっちまった。俺が思うにゃあ……」

地方の勤番侍は言うに及ばず、旗本や御家人だって、殿中や役所で、そんな髪形では通用しない。

――粋《いき》を気取って、あんな髪形にするのは小普請組か、無役の御家人、あとは浪士くらいなもんだ。詰まるところは、あの蝙蝠連《こうもりれん》、よほどに素性を知られたくない、ということよ。

親分の読みには、為五郎も納得であった。

刀の拵えは別として、獅子ことばさえ出さなければ、無羽織なので小普請の旗本とは思われないだろうが、無役の御家人か、浪士にも見える装いなのである。

（おっ！）

そのとき坂下に、二つの人影が現われた。

二人とも着流しの武士で、笠はかぶっていない。

それで、月代を後頭部近くまで剃り上げ、後ろに申し訳程度の髷をちょんと置いた、唐犬額であることが、すぐに見てとれた。

（あやつらだ……）

おまけに片やは六尺豊かな大男、片やは、やっと五尺の小男が坂を上ってくる。

為五郎は、素知らぬ様子で胡床から立つと、胡床を引っさげたまま、氷川明神のほうへ引っ込んだ。

暖簾の陰にしゃがんで、前掛けをほどき、畳んだ胡床とともに、手早く風呂敷包みを作る。

その間にも、視線だけは往来から離さない。

大小の蝙蝠が、通過した。

(はて……)

暮れ六ツ(午後六時)までは、あと半刻(一時間)ほどあるが……。

(飲むにしちゃあ、早すぎやあしねぇか)

尻っ端折りになって、為五郎が天神前に出ると、大小の蝙蝠は旗本屋敷が建ち並ぶ三丁目横町を、まっすぐ北へと進んでいく。

だが、結局のところ大小の蝙蝠が入っていったのは、あの[武蔵屋]であった。

(ふうん……)

相変わらず店表の長床几では、荷車やら空駕籠を置いて車力や駕籠舁きたちが、一杯引っ掛けている。

蝙蝠に続いて、すぐに入れば怪しまれないともかぎらない。

為五郎は、一旦［武蔵屋］を過ぎてから、ほどよいころ合いを見計らって、腰高障子が開いているところから店内に入った。

「よう」

入るなり、同輩の藤吉が、すぐ間近の土間席から声をかけてきた。

「おう」

返して為五郎は、さも待ち合わせをしていたような顔つきで、腰掛けの樽に腰を下ろした。

まだ陽もある内だから、土間席では樽ばかりが目立ち、客の数はちらほらだ。

この空き樽は、腰掛けと食台を兼ねていて、藤吉と為五郎の間にある空き樽の上には、銚釐《ちろり》とぐい呑み、そして八杯豆腐《はっぱい》が置かれていた。

「俺も、ついさっきに、きたばかりよ」

さりげなく、藤吉は言った。

「ふうん。そうかい」

答えながら、横目で奥の小上がりを確かめる。

赤坂三河台を張っていたはずの藤吉が、ここにいるってことは……。

（いる、いる）

目で数えると、唐犬髷ばかりが八人揃っているが、小袖の色や柄は、まちまちであった。

(この間とは、少し様子が違う……)

それから、為五郎は、にんまりと笑った。

唐犬髷たちと、衝立ひとつを隔てた小上がりには、次郎吉親分と善次郎あにいの姿があった。

どう見ても、大工の親方と弟子にしか見えない風体だ。

「なんに、なさいます」

この家《や》の嫁が、直接に注文を取りにきた。

ことばつきが丁寧なのは、為五郎たちを火付盗賊改方の密偵だと知ってのことだ。

江戸市民にとって、火盗ほど、おそろしい者はいない。

このところ連日、次郎吉親分ほか手下が出入りする様子を見て、なにごとかあろうとは気づいていよう。

だが、決して口外などはしない。

下手をすれば、どんなお咎めが、自分たちの身に降りかかってこないとも、かぎらないからだ。

「ぬる燗と、うん、俺も八杯豆腐にしようか」

このころの豆腐というのは、現代のように柔らかくはないし、非常に大きい。

そんな豆腐を、細長く麺のように切って、鰹出汁で温めて、煮切り酒と醤油で味を調えたところに葛粉《くずこ》を入れて、とろみをつける。

それが、八杯豆腐であった。


一方、小上がりにいる［冬瓜の次郎吉］は――。

手下の善次郎と二人、土間席で、ちびりちびりと時間つぶしをしていたところ、つい先ほどに、あの六人の蝙蝠連が店内に入ってきた。

（こりゃあ……）

と思っていると、しばらくたって赤坂三河台を張っていた藤吉もきた。

目顔で、その辺の席にしな、と入口付近の樽を指してから、

――どうれ。じっくり小上がりで普請の打ち合わせといこうじゃねえか。

善次郎に向かって言うと、結界の内側に陣取る女将のところに向かい、ちゃっかり蝙蝠連の隣席に上がり込んだ。

そして善次郎を相手に、

――いいかい、今度の家普請《やぶしん》は、野田屋のご隠居が住むもんで、なにかと注文が多い。そいつをおまえにまかせようと言うんだから、気を張ってやってもらわにゃならねえ。

とかなんとか、別に大声を張りあげるでもなく、架空の会話をはじめたものだ。

そうしながらも、衝立ひとつを隔てた隣席の会話に、注意を払う。

といっても、越後弁というのは、なかなかに厄介である。

それでも越後高田は、北越などに比べれば比較的に方言が少ないそうだから、半分くらいは理解ができた。

隣席の次郎吉たちを怪しみもせず、傍若無人の声高な会話は、あえて聞き耳を立てるまでもない。

それでわかったことといえば、隣りの六人は、申三つ刻《さるみどき》（午後五時）ごろに、この［武蔵屋］で会おうと、中間の使いで呼び出されてやってきたようだ。

（さて、呼び出したのは誰か……？）

次郎吉が思案するまでもなく、例の大男と細い眼が吊り上がった小男が、連れ立って姿を現わした。

2

　そのころ、露月町裏にある勘兵衛の町宿の二階では――。

　松田に勘兵衛、伊波に塩川の四人が、先程来、侃侃諤諤《かんかんがくがく》の議論を続けていたが、ようやくに松田の説得が実ろうとしているところであった。

　伊波が言う。

「しかし、直明さまが、近習のほかには替え玉だと知られずに、というのは至難の業《わざ》かと思いますが……」

「ふむ。そこのところじゃ」

　松田が答えた。

「江戸出立を前に、若には顔に腫れ物ができたということにして、替え玉には頭巾をな」

「それは、ちと、苦しゅうございましょう」

「不自然であったとしても、ほかに手がないのじゃ」

「ううむ……」

伊波が呻いて、勘兵衛を見た。

「その手しか、わたしも思いつきません」

勘兵衛が言うと、伊波は次に塩川を見た。

だが、塩川は腕組みをしたまま、無言だった。

「で、誰を替え玉にする、おつもりでしょうか」

伊波の質問に、松田は答えた。

「わしの若党、新高八郎太をと思うておる。背丈も、体型も、若とはぴったりじゃでな」

「ううむ……」

再び呻いて、伊波がさらに発した。

「さて、そこまではよいとして、いちばんの難物は直明さま、ご本人でござる。どう説得をすればよいものやら。事実を話せば、あのご気性から、どのようなことを言い出すかもしれませぬぞ」

「さ、そこが、そなたらの腕の見せ所なのじゃがな」

松田に言われて、伊波は三度《みたび》呻いた。

そのとき塩川が、

「それなら、ひとつ、思案がございます」

組んでいた腕を解き、静かな声音で、そう言った。

「おう、なにか妙案があるか」

松田ともども、勘兵衛や伊波の視線も塩川に集まった。

「妙案か、どうかはわかりませぬが、伊波とわたしとで直明さまに、秘かに、このような話を持ちかけてみようかと思います」

大名の跡継ぎに生まれたばかりに、日ごろから、なにかと制約の多い暮らしを、常づねお気の毒に思っておった。

ついては、もし若殿がお望みであれば、今回の御国帰りに際しては、行列の駕籠には替え玉を立てて、直明さまは、ごく普通の旅人のように、自由気ままに道中をする。

そして、今のお身分では決して泊まれない旅籠にも泊まり、秘かに国許へと戻られる。

「おそらく、今後、二度とは、そのような体験はできぬでしょうが、若殿が望まれるなら、伊波家老をはじめ、小姓一同、万難を排して、そのような手筈を整えます。もちろん、身辺の警護も怠りなくおこない、直明さまが、そのような道中をされたとは、近習以外には誰にも知られぬように事を運びますが、いかがなさいますか、というようなお話をしてみたく存じます」

塩川の発言を聞いて、松田は、はたと膝を打った。

「うむ。見事じゃ。若を乗せようというのじゃな」

伊波も言う。

「さすがは塩川だ」

だが、勘兵衛だけは少し心配で、

「そんなにうまく、乗ってくれましょうか」

即座に伊波が、

「乗る、乗る」

と言って、松田もまた、

「まちがいなく、乗るであろうの」

と言う。

つまりは、若殿の性格というものを、勘兵衛だけが、よくは知らないということだ。

伊波が言った。

「乗せてしまえば、もう、こっちのものでございますゆえ、先ほどの顔に腫れ物ができて頭巾をかぶるということも、直明さまは、自らすすんで協力をしてくれましょう」

「いやあ、これで、ずいぶんと先が明るうなってきた。あと、こまごまとしたことは、わしと勘兵衛にまかせてくれればよいからな。伊波と塩川は、しっかりと若を乗せてくれよ」

最初に、松田が計画の概要を説明したときには、

「そんな途方もない計画の言い出しっぺは、どうせ、そこの無茶の勘兵衛でございましょう」

言って顔をしかめた伊波であったが、この二階の部屋の空気も、ずいぶんとやわらいだものに変わっていた。

そうこうするうちに、暮れ六ツの鐘が聞こえた。

「や、もう、そのような時刻になったか」

言った松田に勘兵衛が、

「お口に合わぬかもしれませぬが、園枝が夕食を準備しております。どうか、松田さまも、伊波も義兄上も、一緒に召し上がってはくれませぬか」

すると塩川が、顔の前で手を振りながら、

「おい、おい、義兄上というのはよしてくれ。これまでどおり、七之丞と呼んでもろ

うたほうが気楽というものだ」

と言う。

すると松田は、

「そういえば、おまえたち三人……」

ちょいと小首を傾げてから、

「ふむ。親戚同士になったのだったな」

と言った。

というのも、伊波の姉の滝《たき》は、塩川家の長男である故重兵衛《じゅうべえ》に嫁いでおり、七之丞は、その塩川家の次男であり、勘兵衛の妻の園枝は、七之丞の妹であった。

つまりは、閨閥でも結ばれていた。

「いや、それが、もうちがいましてな」

と伊波が言った。

「というのも、姉の滝は、まだ若いゆえに塩川家に縛りつけておいては、かわいそうだから、と塩川家から籍を抜いて、今は実家に戻っておりますので」

「なに、俺は、そんなこと聞いておらぬぞ」

言った勘兵衛に、七之丞が答えた。

「父上が、おまえたちの江戸での婚礼のあと、国に戻ってすぐのことだ。せっかくの新婚時代ゆえに、園枝にも勘兵衛にも、当分知らせずともよい、ということであったのだ」

「そうか。気遣っていただいたのだな」

（そういえば……）

昨年に国帰りしたとき、七之丞の父である塩川益右衛門が、

——お滝は、まだ若い。このまま、後家を通させては気の毒じゃ。重兵衛の一周忌も過ぎたことゆえ、折がきたなら、伊波の家に戻るようにと話すつもりだ。

と言っていたな、と勘兵衛は思い出した。

四人は、それから二階座敷に席を替え、園枝の心づくしの手料理で晩餐を取った。

少しは酒も出て、和気藹藹《あいあい》とした会話が交わされ、あっという間に一刻（二時間）ばかりも刻が流れたころであったろうか。

3

「む……！」

勘兵衛の箸が止まったのに合わせたように、町宿の表戸を叩く音がした。

「ちょいと、ごめんを蒙《こうむ》ります」

勘兵衛は、念のため、幕府大目付の大岡忠種から頂戴した鉄扇を帯に手挟《たばさ》んで、玄関に向かった。

玄関には、すでに八次郎が出ていて、表戸を開きながら勘兵衛に言った。

「次郎吉さんです」

「なに、次郎吉が……」

言っているうちにも、八次郎は引き戸の桟《さん》をはずして、戸を開けている。

戸が開くと、次郎吉は、よろけるように玄関に入ってきて、

「こんな……夜分に……、いや、申し訳ねぇ」

肩で大きく息をつきながら、言った。

見たところ、よほどに走ってきたらしい。

「次郎吉さん、まあ、ここに腰を下ろせ」

勘兵衛は式台を指して、

「おい。八次郎。水を持ってこい」

「はい。しばし、お待ちを」

八次郎が、奥の台所に向かっている間にも、次郎吉が言う。

「いや、どうも、みっともないところを見せちまって、面目もねえ。こんなはずじゃあ、なかったんだが……」

「なにを言う。どうせ、麴町あたりから、ここまで走り通してきたのだろう。無理はない」

どう道を選ぼうと、二里半（約一〇キロメートル）以上はある。

「へ、へい。［武蔵屋］からでござんす」

（お……！）

さては、なにかあったな、と勘兵衛の心は騒いだが、そこをぐっと抑えて、どっかと玄関先に腰を下ろした。

今は、次郎吉が息を整えているところだ。

「はい。次郎吉さん。お水ですよ」

「あ、こ、こりゃ、ありがてぇ」

八次郎が大ぶりの茶碗に、なみなみと入れた水を、次郎吉は喉を鳴らして飲んだ。

（……………）

その間にも勘兵衛は、廊下を曲がった角あたりに、数人の人の気配を読み取っていた。

松田に伊波に七之丞が、息を殺しているにちがいない。

空になった茶碗を受け取った八次郎が、どうしたものかというように、勘兵衛の顔を見た。

勘兵衛が小さくうなずいて見せると、八次郎は嬉しそうな表情で、勘兵衛と同じように玄関先に腰を下ろした。

「実は、きょう……」

ようやく落ち着いたか、次郎吉が話しはじめる。

「詳しいことは、すっ飛ばしやすが、例の居酒屋に、あの八人が雁首を揃えやして。で、連中が言うには、あした、揃って三社《さんじゃ》祭の船渡御の見物に向かうんでさあ」

「なに、浅草の三社祭か」

「へい。祭は、きょうからはじまっておりやすが、本番は明日の船渡御でござんすからね。誰から聞いたか、連中は、みんなでそいつを見物に行こうってことになって、あすの巳《み》の刻（午前十時）に、半蔵門外の辻番所のところで落ち合おう、ってえことに決まりやしたんで、こいつぁ、一刻も早く、旦那のお耳に入れておかなきゃなんねぇと思いやしてね」

「そりゃあ、お手柄だ。よく知らせてくれたな」

「いえいえ、苦労の甲斐があったと言うもんで、ござんすよ。で、どういたしやす。うまくいきゃあ、旦那も全員の面《つら》ぁ、拝めやすが……」

「うん。そりゃあ、ぜひとも拝ませてもらわねばな」

言って勘兵衛は、少しの間、考えていたが、

「おい、八次郎」

「はい」

いきなり呼ばれて、八次郎の目が丸くなった。

「こんな夜分に、すまないが、おまえ、これから花川戸の［魚久《うおきゅう》］に行ってな」

「はい。あの［六地蔵の久助《きゅうすけ》］親分のところですね」

「そうだ。ただ久助親分は、三社祭の世話役だろうから、手を煩《わずら》わせるわけにもいかない。ほれ、女将の……うん、おさわさんだったな。女将に頼み込んで、小座敷をひとつ、無理でもお願いしてみてくれ」

「はい。で、時刻は……、それに何人くらいの部屋を、お願いすればよろしいでしょうか」

「うむ。時刻は、四ツ（午前十時）過ぎから、一刻、いや二刻（四時間）ばかり。人

数のほうは、そうだな……」

むしろ、敵の面貌を見知っておく必要があるのは、俺より伊波や七之丞のほうだな、と思案しているところに、

「コホン！」

後方から、しわぶきの声がする、
松田さま、らしい。

「しばし、待たれよ」

勘兵衛が立ち上がり、廊下を曲がると、案の定、松田に伊波に七之丞が雁首を揃えていた。

「わしも行くぞ」

小声で松田が言う。

「え」

その横で、伊波も塩川も、人差し指で自分の顔をさしている。

もちろん、伊波に塩川はわかるが、松田までは必要なかろう、とは思ったが、そうは言えない。

松田が、さらに、ささやいた。

「園枝どのや、御女中もな。さすれば、目くらましになろう」

（それはそうだが……）

勘兵衛は、胸のうちで、俺に園枝に八次郎に、おひさ。それに、松田に、伊波に七之丞……と数えていくと、なんと七人だ。

（えい。仕方あるまい）

勘兵衛は、松田に一礼したのち、再び玄関先に戻った。

「八次郎、ぜんぶで七名ほどだ。あすは［魚久］も忙しかろうが、多少は窮屈でもかまわぬので、どうにか小座敷をと、この勘兵衛のたっての頼みだ、と女将に伝えてくれ」

「はい。では、さっそく」

提灯も準備せず、八次郎は、そのまま町宿を飛び出していった。

「次郎吉さん。聞いたとおりだ。で、頼みたいのは、あす、連中が半蔵門外で待ち合わせたあと、浅草に向かい、どこかで船渡御の見物をするはずだな」

「へい。その居場所を、先ほど聞きやした花川戸の［魚久］まで、お知らせのうえ、ご案内をする、ってえことでござんしょうか」

さすがに、次郎吉は飲み込みが早い。

「そのとおりだ。連絡は、藤吉や為五郎、誰でもかまわない。女将のおさわさんに、俺の名を出せばわかるようにしておくからな」

「合点承知、ほかには、ござんせんか」

「うむ。実は、名だけは聞いておるが、俺は三社祭に行ったことがない。次郎吉さんは、どうだ」

「そりゃあ、江戸三大祭にも劣らない、二年に一度の大祭でござんすからね。もう、何度も……」

「ふむ、では、あすの船渡御の様子というのを、ざっとでいいから教えてくれぬか」

「よう、ござんすとも、まず三社《さんしゃ》さまの由来は横に置き、三社権現の社《やしろ》は、馬道《うまみち》にある随身門から入って、右っ側。そこから、きょうは三基の神輿が引き出され、山内を巡る〈庭祭礼《にわさいれい》〉ののち、ご本堂に入るって寸法でござんしてね。それをあしたは、再び引っ張り出しやして、仁王門を通り、風雷神門をくぐって、いよいよ町に練り出す。そして浅草御門まで練り歩いたところで、それぞれのお召し船に移して繋いだのを、元綱大船四艘と、縄船八艘でもって曳航するって、へい、大がかりなもんでござんすよ。でもって神輿は駒形堂のところで陸に移り、三社さまへ帰っていく、という寸法でござんす」

「なるほど。よくわかった」

次郎吉の簡潔にして要を得た説明で、勘兵衛の頭のなかで、浅草橋から北方の地理が描かれた。

浅草御米蔵あたりは無理としても、大川端は、さぞ見物客で賑わうであろう。

(両国橋の上、さらには向こう岸の、本庄や中之郷の堤から、ということもあろうな)

そんなことを考えている。

報らせを終えた次郎吉が戻っていくと、すぐに松田が姿を現わして、

「すぐ戻るほどに、伊波と塩川は座敷に戻っておいてくれ」

言うと、ぐぐっと勘兵衛に近づいてきて、小声で言った。

「花川戸の［魚久］というのは、聞いておらんぞ」

「ああ、実は例の捨て子騒ぎのときに、お世話をかけた親分さんがやっている料理屋ですよ」

「ふむ。まさか女将とは……」

さらに小声で言った。

「まさか、ちがいますよ」

「それなら、いいんだ」

苦笑するより、勘兵衛の胸には痛みが走っていた。

かつて勘兵衛は、田所町の料理屋［和田平《わだへい》］の女将と男女の深間には
まったことがある。

その小夜《さよ》は、勘兵衛の子を宿したまま、黙って姿を消してしまったのであった。

4

浅草寺の由緒は古く、徳治《とくじ》元年（一三〇六）ごろの『とはずがたり』という書物に、すでに〈浅草と申す堂あり〉と記されているそうだ。

それがだんだんに、坂東随一の大霊場に発展し、九十坊を越える宗教都市めいた一画を形成した。

だが、その後はだんだんに荒廃をはじめ、家康が江戸入りしたころには、三十六坊のほかは、化け物でも出そうな、無住の廃寺や、壊屋《かいおく》と化した堂宇《どうう》になり果てていたという。

それが徳川将軍家の庇護のもと、建物の再建や門の整備などがはじまって、浅草寺

は江戸庶民の信仰を集めるとともに、有数の盛り場となっていったのである。

そうして、縁起も改めて創出された。

それが宮戸川《みやとがわ》（大川）の漁師で、川から人型の像を網で引き上げた檜前浜成《ひのくまはまなり》・竹成《たけなり》の兄弟と、これを観音像と感得した土師直中知《はじのあたいなかとも》の三人が、観音像を祀る堂を建てたのが、そも浅草寺の草創、だというのである。

この三人を郷土の神として祀ったのが、三社権現（現：浅草神社）であった。

それはさておき、三社祭の船渡御の当日、露月町裏の勘兵衛の町宿は、早朝から浮き足立っていた。

妻の園枝も、付き女中のひさも、早早に朝食をすませたあと、いろいろ着物や帯を引っ張り出して、

「これがいいかしら」

「いえ、こちらのほうが、お顔が映えましょう」

などと、衣装選びに余念がない。

「おいおい園枝、わかっておろうが、きょうは大切な御用の向きだからな」

勘兵衛が思わず口を出しても、

「わかってございます。わたくしたちは、目くらましでございましょう」

とは言いながら、降って湧いたような祭見物に、園枝も、おひさもそわそわとしている。

つい先日にも芝浜で、祭の船渡御を見物したばかりであったが——。

なにしろ江戸・浅草の三社祭の賑賑《にぎにぎ》しさは、遠く越前大野の山峡の地にまで聞こえていたから、二人の女性が浮かれ立つのも、無理はなかった。

八次郎も、口を引き結んではいるが、どうにも気が弾む様子が見てとれる。

「では、出かけるぞ」

勘兵衛夫婦に、八次郎とおひさ、四人揃って町宿を出た。

傍目には、武家の夫妻に供の者で祭見物に出かけるかたち——いや、事実そうなのだから、怪しまれようもない

幸い女将の好意で、花川戸の料理屋［魚久］の小部屋は都合がついている。

松田や伊波、塩川とは、その料理屋で落ち合うことになっていた。

日陰町の通りをまっすぐ北に向かうと突き当たりになるが、本道に入って新橋を渡る。

ここからは江戸の目抜き、日本橋への道だ。

「三社祭の船渡御の船は、東大森村からくると決まっております」

八次郎が言った。

「東大森村？　どこにある」

「品川の先でございます」

「ほう。そんなに遠方からか」

「はい。それにはわけがございまして……」

八次郎の解説によれば、東大森村の漁師たちの先祖は、浅草付近に住む漁師であったが、付近一帯が殺生禁断の聖地になったため、集団で大森の地に移住したのだという。

そのような古い縁《えにし》によるものらしい。

「ですから、大森産の海苔《のり》を、浅草海苔と名乗ることを許されているのです」

「ほほう、なるほど」

やはり江戸生え抜きの八次郎は、江戸に詳しい。

京橋を渡り、南伝馬町を過ぎ、通町に入ったころから、後ろからついてくる女たちの小声が、数多くなってきた。

「どうした」

それで勘兵衛が振り返ると、

「いえいえ」

と園枝は答えた。

「やはり、何度きましても、この通りは賑やかでございますね。故郷の七軒町とは比べものにもなりません」

「ふむ……」

勘兵衛は、一応はうなずいたが、ちょいと小耳に挟んだ〈天人香《てんにんこう》〉というのが、通二丁目の［柳屋］で売られている、人気の白粉《おしろい》の名であることくらいは知っている。

そういえば、このあたり、簪《かんざし》、紅白粉《べにおしろい》、半襟や帯留めなどなど、女性が、つい足を止めそうな品を商うところが多い。

「やはり、いつもより、人出が多いようだな」

特に日本橋あたりは、江戸でももっとも往来の激しいところであったが、三社祭のせいであろうか。

「はい。［魚久］の女将の好意に甘えておいて、よろしゅうございました」

と、八次郎が答えた。

実は、祭のために浅草橋から花川戸までの道は混雑が激しかろうと、矢ノ倉の入り堀に、舟を手配してくれているのだ。

日本橋袂の高札場を左に見た先は、木屋根造りの革足袋屋と八百屋があって、そこから日本橋がはじまる。

たいそうな混雑ぶりだ。

勘兵衛は後ろを振り返り、

「はぐれるでないぞ」

注意を喚起した。

日本橋の西に架かる一石橋《いっこくばし》の彼方には、雲から頭を出した富士の頂きが見える。

室町二丁目にかかって、再び勘兵衛は振り向いて園枝に言った。

「右手の先に、〈順血湯《じゅんけっとう》〉と大きく書かれた軒看板があるが、わかるか」

右斜めに指をさすと、

「はい。薬種問屋のようですね」

「うむ、小西屋という。その先を右に曲がるからな」

「承知いたしました」

本町三丁目の木戸から入った道を、まっすぐ東に進んでいけば、大伝馬町、旅籠町を通って両国西の広小路へ出る。

「いやあ、これは……」

あと一町ほどで両国西の広小路、というところまできて、勘兵衛は声をあげた。

（まさに芋の子を洗うような……）

雑多な出店が埋もれるほどの人の数だった。

「やはり、舟にして、ようございましたな」

「うむ。しかし、伊波たちは大丈夫だろうか」

勘兵衛が、そんな心配をすると、

「いえいえ。松田さまがいらっしゃるからには、手抜かりはございませんでしょう」

「それもそうだな」

勘兵衛たち四人は、右手の細道に入った。

矢ノ倉は、かつては米蔵であったのだが、浅草御米蔵ができたのちは、どのような使われ方をしているかは、勘兵衛も知らない。

「あ、あの舟のようです」

八次郎が言う。

矢ノ倉の四囲を巡るように掘られた入り堀だが、まるで勘兵衛たちが、この細道をくるとわかっていたような位置に、［花川戸・魚久］の提灯を掲げた屋根船が待っていた。

蛇足ながら矢ノ倉は、これより二十一年後の元禄十一年（一六九八）に類焼して、跡地は町人地となった。

入り堀の跡は薬研堀《やげんぼり》と変わって、やはり同じ年に、浅草橋の下流に柳橋が架けられる。

だから、勘兵衛たちが乗り込み、大川を遡りながら目にしている光景は、のちに大きく変わることになる。

すでに神田川が大川に注ぐあたりの河岸という河岸には、群衆が鈴なりになっていた。

見るところ、浅草橋の往来には役人が出て、交通制限をおこなっているようだ。

「お舟で、よろしゅうございました」

園枝が、目を瞠りながら、しみじみと言い、おひさはおひさで、

「もみくちゃにされて、怖ろしい目に遭うところでした」

顔をこわばらせてすらいる。

それを見て八次郎が、

「なに、今でこそ、あの混雑ですが、それぞれに見物場所を定めてしまえば、すぐにおさまります。舟を雇って、水上から見物する者もあれば、貸席もありますからね」

それを聞いて、おひさは安堵したような表情になった。

「もう、祭ははじまっておるのか」

勘兵衛が船頭に尋ねると、

「まだまだで、ごぜえますよ。神輿が出るまでには、まだ一刻もありましょう」

とのことだ。

忍び目付の正体

1

舟は、やがて駒形堂を過ぎた。

そこを過ぎれば、川端は嘘のように人影もまばらになった。

かすかに、祭り囃子《ばやし》が聞こえるばかりだ。

だが、舟が六地蔵河岸に着くと、再び様相は一変した。

すぐ目の前が［魚久］だが、その先は風雷神門がある浅草の広小路だし、左右に交わる大道は、御蔵前から続く奥州街道筋なのだ。

当然、人であふれかえっている。

ちなみに六地蔵河岸は、のちには吾妻橋の西詰めあたりとなる。

「どうぞ、勝手口からお入りくださいとのことで……」

船頭が、勘兵衛たちを［魚久］の裏口へ案内した。

勝手口から入ると、すぐに調理場で、多くの料理人がねじり鉢巻で、野菜を切ったり、煮炊きものをしている。

それを指揮していたらしい女将が飛んできて、

「まぁま、とんでもないところからお迎えをいたしまして、まことに申し訳ございません」

しきりに頭を下げるのに、

「なんの。こちらこそ、ぶしつけなお願いをお聞き届けいただき、御礼の申しようもございません」

挨拶もそこそこに、女将が言う。

「お連れさま方は、もう、お着きでございますよ。さっそくご案内をさせていただきます」

(ほう。もう着かれたのか)

案ずることもなかったな、と思いながらも、はて、どうやってきたんだろう、などと勘兵衛は考える。

まだ四ツ（午前十時）の鐘も鳴らない時刻だった。

台所のほうから玉暖簾をくぐって店内に入ると、一階の土間席も小上がりも、すでに満員状態であった。

二階座敷の入れ込み席も、また満員である。

「こちらでございますよ」

以前とはちがい、女将が入れ込み席の前を通過して、西の端っこにしつらえた座敷へと案内をした。

「お着きでございますよ」

女将のおさわが、よく通る声をかけ、

「ごめんなさいまして」

と障子を開けた。

「おう。きたか」

いちばん奥に陣取っていた松田が、上機嫌な声を出した。

伊波に七之丞も顔を揃えている。

十畳ばかりもある広座敷であった。

それぞれが席に着き、女将が立ち去るのを待ちかねたように松田が言う。

「なかなか、よい店ではないか。それに、浅草寺広小路が見えるのは、この部屋だけだそうだ。勘兵衛は、よほどに顔が利くようだ」

「いや、それよりも……」

実は勘兵衛は、そのうちに連れてこようと思いながら、まだ、ここに園枝を連れてきたことがなかった。

それで、というわけでもないが、話題を変えたい、という心理が働いたのは否《いな》めない。

「浅草橋あたりは、たいそうな混雑でございましたが、それにしては、早いお着きでございましたな」

そう言ったとき、すぐ間近から、四ツ（午前十時）を報らせる鐘の音が響いた。

浅草寺弁天山の時の鐘だ。

（ふむ、今ごろ半蔵門前で……）

曲者たちが待ち合わせているころである。

（どれほど急いでも半刻ではすまぬ。一刻ばかりはかかろう）

勘兵衛の、そのような胸算用など知らぬげに、

「ふふ……、一帯の混雑など、とうにお見通しよ」

松田は得意満面の顔になって、

「なんと、いうこともない。霊岸島から大渡しで深川へ渡り、川向こうの堤を本庄・中之郷竹町まで行って、竹町の渡しで浅草材木河岸へと着いたのじゃ」

「あ、そのような手がございましたか」

「わしを誰じゃと思うとる」

「いや。お見それをいたしました。それよりも……」

勘兵衛は、視線を塩川に移して言った。

「七之丞、おぬし、脇差をどうした」

松田も伊波も塩川も、三人ともに羽織、袴の姿だが、塩川だけが腰に脇差がない。

「ふむ。目ざといやつだ」

塩川が苦笑してから、続けた。

「ほれ、そこの八次郎とて、脇差はなかろうが」

「おう。すると……。なるほど」

若党に羽織、袴は許されているが、二本差しは許されていない。

大刀、一本のみである。

つまり塩川は、松田あるいは伊波の供侍を装っていることになる。

窓の外から届いていた、祭り囃子が一段と高まり、掛け声や歓声があがった。

「お、そろそろ神輿が出るようだぞ。ほれ、園枝どのに、そこの御女中、ここからだとよく見えるぞ。ご見物をさっしゃれ」

松田に誘われて、園枝とおひさが立ち上がるのを見ながら、勘兵衛も、また立ち上がった。

2

正午の鐘が鳴ってすぐ、

「下にお使いの方が見えております」

「魚久」の女将が知らせてきた。

(いよいよだ)

勘兵衛は思い、座敷内には緊張が張りつめた。

「八次郎」

「はい」

「念のためだ。おまえ、ちょいと確かめてこい」

「承知いたしました」

八次郎は傍らに置いた刀を引っつかんで、座敷を出ていった。

「思うたより、早かったの」

松田が言う。

「は。しかし、どこを見物の場と定めましたのやら」

場所によっては、困難が伴う場合もある。

今回の目的は、曲者八人の面貌を、勘兵衛自身もさることながら、伊波と七之丞にも、しっかり目に焼きつけてもらうことであった。

待つほどもなく八次郎が戻ってきて、

「次郎吉のところの藤吉でございました。やつらは、諏訪町《すわちょう》の［泉屋］という扇問屋に入ったそうでございます」

「なに。扇問屋……にか」

勘兵衛は、少し出鼻をくじかれたような気分になった。

「はい。いや、珍しいことではございません。といいますのも、浅草黒船町からこちら、蕎麦屋や料理屋以外にも、いろんな商店が軒を連ねておりますが、船渡御の間は、とても商売にはなりません。そこで、一人二十文もの料金を取って、大川を望める二階部屋や物干し場などを貸席にする店も多うございます」

「なるほど、そういうことか」

「で、藤吉が申しますには、次郎吉は、とりあえず［泉屋］の席を十人分ほど押さえておりますので、どうぞお越しくださいとのことで、案内に藤吉が下で待っております」

「うむ。では、さっそくに……」

相変わらず、次郎吉は気が利いている、と思いながら勘兵衛は立ち上がった。

続いて園枝も、おひさも立ち上がる。

「すまぬ。しばし待ってくれ」

伊波が言って、黒繻子《くろじゅす》の気儘頭巾《きままずきん》をつけはじめた。

逆に、相手から顔を覚えられぬための用心のようだ。

それで、七之丞を若党に仕立てれば、身分ある旗本が、おしのびでの祭見物と見えなくもないだろう。

「待たせたな。行こう」

伊波と七之丞も立ち上がった。

だが、相変わらず松田は、のんびりと座っている。

「松田さまは、行かれぬのですか」

勘兵衛が尋ねると、

「わしが顔を見たとて、無駄というものじゃ。ここで、昼飯でも食うておるゆえ、すんだら、おまえらも戻ってこい」

と、いうことらしい。

「行ってらっしゃいませ。お履き物は、式台のところに下足番が揃えてございます」

帳場の女将に声をかけられ、勘兵衛たち六人は、案内の藤吉とともに表通りに出た。

ここから諏訪町までは、南におよそ六町（六〇〇メートル）ばかりある。

すでに三基の神輿が過ぎたあとだから、見物客は大川端のほうに移って、往来に思っていたほどの混雑はない。

藤吉が言った。

「八人が、八人ともに唐犬額《とうけんびたい》でござんすから、すぐに見分けがつきまさあ」

すると伊波が気儘頭巾の下から、

「なんだ。その唐犬額というのは」

と尋ねてきた。

なるほど伊波も七之丞も、めったに江戸の盛り場には出ないだろうから、唐犬髷など、目にしたことはないだろう。

勘兵衛が説明を買って出た。

「元は町奴《まちやっこ》の髪形でな。それが流行《はや》っておるのだ」

言って勘兵衛は、自分の髷の元結《もとゆい》あたりを指し示して、

「額を広く見せるために、このあたりまで剃り上げるという髪形だ」

言うと伊波が、

「なるほど、糸鬢髷《いとびんまげ》に似ておるな。うちの中間《ちゅうげん》に、そんなのがおる」

すると八次郎が言った。

「はいはい、鬢《びん》の形が少しちがいますが、よう似ております。糸鬢髷も、近ごろの流行でございますよ」

すると、後ろからくる園枝が、袂で口を押さえながら小さな笑い声をあげた。

「どうした、園枝。なにがおかしい」

「いえ。申し訳ございません。つい、故郷の爺ぃ《じ》を思い出しましたもので」

「おう、そう言えばそうだな」

塩川家の用人をしている榊原清訓のことである。

すると、その娘であるおひさが、

「旦那さま、あれは、そんなたいそうなものではなくて、もう、後ろにしか毛が残っていないからでございますよ」

「なるほど……、なるほど」

勘兵衛も、思わず笑いを嚙み殺した。

おかげで、緊張感もほぐれた。

園枝にも、おひさにも、詳しいことは何ひとつ説明はしていないが、周囲から見れば和気藹藹《あいあい》とした夫婦と、その供の者に見えて、立派な目くらましになるはずだ。

船渡御で、再び神輿が陸に上がる駒形堂あたりは、世話役らしい裃《かみしも》をつけた町人もいて、さすがに混雑をしていた。

やがて――。

「はい。こちらでござんすよ」

藤吉が足を止めた店先にぶら下がる、扇形に木をくりぬいた看板には、〈かしせき〉と書かれたのに大きく×印が入った紙が貼ってある。

おそらく、満席になった、ということだろう。

店土間に入ると、そこには為五郎が待っていた。

「すまぬな」

「へい。親分は二階で……。階段へは、この子どもが案内をいたしやす」

と言いながら、

「お履き物は、これに包んで、各自お持ちくだせぇってぇことで……」

粗末な浅草紙を、一枚ずつ手渡してきた。

「俺たちは、少し間を開けてから行く。先に行け」

まずは、伊波と七之丞を送り込んだ。

子どもというのは、まだ前髪もとれない店の奉公人のことだ。

番頭や手代が目を光らせている見世（売場）座敷に腰を下ろし、八次郎が勘兵衛と自分の、おひさが園枝と自分の履き物を浅草紙に包んだ。

「あとはよい。各自で持とう」

再び戻ってきた子どもの案内で、見世座敷の端にある階段に案内された。

上がったところに、もう一人、案内の子どもがいたが、側には為五郎が待っていて、

「こちらでござんす」

勝手を知っているような顔で、勘兵衛たちを案内した。

大川端を望む部屋は二つあるようだが、どちらも襖は取り外されていて、なかには多数の人が蠢《うごめ》いている。

部屋に入る前に、為五郎が小声で言った。

「具合のいいことに、連中は物干し場を借り切っておりやす。半蔵門から、まっすぐ迷いもせずに、この［泉屋］に入りやしたんで、あらかじめ、席を押さえていたようです」

「おう。そうなのか」

すると、いきなり鉢合わせという危険はない。

勘兵衛たちが入ったのは、右側の部屋で、がらんとした座敷に、客たちが思い思いに畳に座り込んでいる。

東の窓は、障子が取っ払われて、広く口を開けていた。

その左のほうで、町人姿の次郎吉が背を向けて立っていて、その左側に伊波と七之丞が座っている。

「………」

見たところ、次郎吉は窓の桟に手をかけて、川向こうを眺めている体《てい》で、その次郎吉を隠れ蓑代わりにして、伊波と七之丞が物干し場を吟味しているようだ。

見てとった勘兵衛が、

「このあたりに座ろうか」

言って、すぐ近くに座っているご隠居のような老人に、

「ちょいと邪魔をするぞ」

断わりを入れて、園枝たちを畳に座らせ、八次郎とともに自分も座る。

「船渡御は、まだのようだな」

言うと八次郎が、

「はい。この時刻ですと、そろそろ神輿を舟に移し替えているころでしょう」

そつなく返してきた。

その船渡御の船団が、浅草御米蔵を越えるころには、この部屋の窓が鈴なりになるという寸法らしい。

その時刻になるまで、用意のいい者は、男同士で酒を酌み交わしているし、子ども連れらしい夫婦は、子どもに菓子など与えている。

見るともなく窺う先で、気儘頭巾の伊波が、隣りの塩川となにやらことばを交わしたのちに立ち上がった。

伊波は右手に刀をぶら下げ、七之丞はというと、刀と二人分の履き物を両手で抱えるようにして、座敷に座る客たちをよけながら、やってくる。

そして、二人とも勘兵衛たちには目もくれず――。

伊波の口から、

「益体《やくたい》もない。こんなところで、いつまでも待てぬわ」

舌打ちでもするような、捨てぜりふを残して部屋を出ていった。

それを見て、近くの隠居が、小声で言った。

「やれやれ、短気なお侍だ」

園枝が袖口で口を押さえて、また笑いを嚙み殺した。

(二人とも、顔を覚えたようだな)

いよいよ自分の番だ、と勘兵衛は思った。

次郎吉は、まだ窓のところに立ったまま、向こう岸を眺めている。

「どれ、まだ見えぬかの、ちょいと見てこよう」

独りごちるように言って、勘兵衛は先ほどまで伊波たちがいたところに進んだ。

そして次郎吉の左に立つと——。

(うむ)

右手の屋根に張り出した、物干し台がよく見える。

そこには、揃いも揃って唐犬額の八人がいて、ある者は握り飯を食い、ある者は升酒を飲んでいる。

物干し台の端に、でんと二斗樽が置かれているところを見ると、事前に「泉屋」に用意させたものであろうか。

おかげで二斗樽のところまで、入れ替わり立ち替わり、酒を注ぎに行くので、労せずして全員の顔を拝むことができた。

しかも、全員の注意は大川のほうに向けられているため、こちらを見ようともしない。

（よし！）

一陣の川風が、窓から入ってきた。

「世話をかけた」

小声で次郎吉に言ったが、次郎吉は、ちょいと小首を傾げるような所作だけで、相変わらず窓桟に両手をついたまま、大川を行き来する舟に視線を送っている。

勘兵衛は、窓際を離れた。

元の場所に戻り、刀と履き物の包みを拾い上げて、園枝にうなずいて見せた。

園枝もうなずき、立ち上がる。

そのまま、ぞろぞろと四人で部屋を出るのを、隠居だけが、ぽかんと見送っていた。

階段のところまできて、

（お……！）

勘兵衛は首を傾げた。

ちらりと階段下に見え、すぐ見えなくなった商人の人影に、覚えがあった。

（あれは、［高砂屋《たかさごや》］藤兵衛《とうべえ》ではなかったか……）

［高砂屋］は、浅草瓦町にある菓子屋で、勘兵衛が江戸に出た当初、寄留をさせてもらっていたところだ。

階段を下りて、見世座敷や土間に目を配ったが、それらしい姿はない。

（見誤ったのかもしれぬ）

勘兵衛は思った。

3

四月一日のこの日は更衣《ころもがえ》で、江戸の庶民は綿入れから綿を抜いて、袷《あわせ》に替わる。

だが、雪深い越前大野に、そのような習慣はなかったから、八次郎に教えられた園枝は、昨夜、大あわてで勘兵衛の小袖から綿を抜いていた。

季節は春から夏に変わったが、この時期、まだ袷では少少寒い。

それで勘兵衛は中着して、いつもどおり四ツ（午前十時）近くに町宿を出た。

隣家の小鼓師の玄関先に、赤の躑躅霧島《つつじきりしま》が、きれいに咲きそろっていた。

替え玉作戦の詳細は、着着と進行している。

（若君のご出立まで、あと十日……）

実は勘兵衛、まだ園枝に、越前大野へ戻ることを告げていない。

というのも、伊波と塩川が若君に計画を告げていないからだ。

時宜《じぎ》、というものがある。

早すぎてもいけないし、遅すぎてもいけない。

万一にも、目論見がはずれて、若君が計画に乗ってこない場合にも備えて、勘兵衛は松田と別の対策を講じてもいる。

その場合でも、勘兵衛は若君の行列に、つかず離れずで道連れになるつもりであった。

だが、今の段階では、なにもはっきりしない。

なんとも、落ち着かない日々であった。

その後も［冬瓜の次郎吉］には、唐犬額たちの動きを監視させているが、今のところ、これといった動きはない。

（ふむ、思いのほか……）

小袖から綿を抜いたせいか、心持ち身体が軽くなったような気がする。

勘兵衛は、江戸屋敷に向かう途次の、仙台藩中屋敷のあたりで、早くも杜鵑《ほととぎす》の初《はつ》音《ね》を聞いた。

江戸留守居の役宅では、松田が珍しく執務机を離れ、障子を開け放った濡れ縁で、ぼんやり庭を眺めていた。

庭といっても、まことに無愛想な庭だが、小ぶりな橘《たちばな》の木があって、白い花を開かせていた。

「いかが、なさいましたか」

丸くなった背に声をかけると、松田はゆっくりと振り返り、

「いや、いよいよ、夏じゃのう、と思うてな」

「まことに、先ほど杜鵑の忍音《しのびね》を聞きました」

「ほう。こんな時刻に珍しいの」

「寝ぼけておったので、ございましょう」

杜鵑の初音のことを忍音というが、たいがいは夜のうちに聞こえるものであった。

「ふふん」

と、鼻を鳴らして笑った松田が、

「ところで勘兵衛、あと、十日ばかりだが、園枝どのに国帰りのことは言うたのか」

「いえ。まだでございます」

「そりゃ、いかん。いきなりはいかんぞ」

「それは、そうでございましょうが」

「実は、昨夜に伊波がきてな」

「え……」

「うむ。例の件じゃ。若君が、すっかり乗り気であるという」

「いや。それは重畳《ちょうじょう》でございました」

ふっと、肩の荷が下りた気がした。

「ま、今度の国帰りばかりは、直良さまのご病状次第では、若君の国許滞在が、ひと月ともふた月とも、いや、もっと長引くやもしれん。そのあたりのことも、あるからな。ようよう、園枝どのをいたわってやらねばならぬぞ」

（それは、そうだ……）

「そのうえ先日には、三社祭にまで引っ張り出して、肝心の見物のほうは、梨の礫《つぶて》であったからな。いや、わしも、まことに申し訳なく思うておる」

「とんでもございません。あれはあれで、園枝もずいぶんと楽しんだようで、一生の思い出ができた、と喜んでおりました」

「ふむ……、まことか」

「もちろんでございます」

実際に園枝は、

——きょうのように、胸がはずみましたのは、初めてのことでございます。

閨《ねや》のなかで、勘兵衛の胸に顔を埋めながら、そう言ったのである。

おそらくは祭の見物よりも、夫が関わっているらしい機密の一端に触れたことのほうが、園枝の胸をはずませたのではなかろうか。

「いや。それなら、わしも安堵いたしたが、実はの……。せめてもの詫びにと、明後日にな。葺屋町《ふきやちょう》の［播磨屋《はりまや》］で桟敷《さじき》席を取っておいたぞ」

「葺屋町の［播磨屋］と申しますと……」

「［市村座］の大茶屋じゃ。この江戸にきて、大芝居も見物せぬでは、話にもなるまい。あさっては夫婦水入らずで、ゆっくりと芝居見物でもしてこい」

実は勘兵衛自身、いまだ歌舞伎の見物はしたことがないのである。

「ははあ……」

一瞬、呆気にとられたあと、

「これは……。なにかとお気遣いをいただき、身に余る……」

「七面倒な礼などいらぬ。それより、ちょいと陣八を使いに出しておるゆえな。戻るまで、この部屋で待つがよい。うむ、その間に、もう一度、おさらいをしておこうか」

松田が縁側から立ち上がり、執務机に戻った。

四月十日の当日、頭巾をした新高八郎太が若君の替え玉として駕籠に乗り、小体《こてい》な行列が江戸屋敷を出発する。

その時刻が六ツ半（午前七時）である。

行列の道程は、南に増上寺に突き当たり、左折して大横町を通り宇田川町で東海道筋に出る、というものだ。

その間、小半刻とはかかるまい。

おそらく、小栗美作の手の者が、その様子を監視して、行列のあとを追うであろう。

五ツ半（午前九時）、次には若君が松田の駕籠に乗り、勘兵衛と江戸目付の佐田平《さだへい》八郎《はちろう》を供にして、江戸屋敷を出発する。

「佐田平《さだへい》は、無住心剣流《むじゅうしんけんりゅう》の免許皆伝でな。この江戸屋敷中では、いちばん腕が立つと言われておる男だ。おまえも一度、会うておろう」

「はい。例の新吉原の際に」

「そうじゃったな」

言いながら、松田が江戸絵図を出し、畳の上に広げた。

その絵図は、昨年の十一月に表紙屋市郎兵衛が刊行した『新版江戸大絵図　絵入』である。

まず松田は、扇子の先で、ここ江戸屋敷を指し、ゆっくり動かし、秋田小路から愛宕下大名小路へと、折れ曲がる道筋を示していった。

言うまでもなく、若君の乗った駕籠の進路である。

やがて、扇子の先は汐留橋で堀を渡って、木挽町通りに入った。

入ってすぐのところの、木挽町七丁目のところで扇子は止まり、とんとんと二度打った。

勘兵衛は言った。

「は。そこにて、八次郎が待っております」

松田は、無言でうなずいた。

木挽町は［山村座］や［森田座］がある芝居町で、日ごろより交通繁多なところであった。

三十間堀に沿う河岸は、東豊玉《ひがしとよたま》河岸と呼ばれているが、舟を使って芝居見物にくる客も多く、船宿もいくつか並ぶ。

その三十間堀の端っこ、木挽町七丁目の河岸に、二丁櫓の猪牙舟を準備する手筈となっている。

再び、松田の扇子が動きはじめる。

今度は、三十間堀の水路である。

若君に、佐田平八郎、勘兵衛に八次郎の四人を乗せた高速猪牙舟は、三十間堀から八丁堀に入って、大川に出る。

その後は霊岸島を左に見ながら、大川を遡り、花川戸に向かうのだ。

松田がひとことも発せず、動かしていた扇子を止めたのは、[魚久]がある場所より、もっと先、浅草寺一ノ権現社より少し上流の場所だった。

山のほうに入れ込んだ道が描かれ、ぽつんとある武家屋敷には〈金森左兵《かなもりさへい》〉と書かれている。

「[武蔵屋]でございましたな」

「うむ」

勘兵衛が小さく確認したのに、松田も小さく答えた。

麹町の居酒屋と同名だが、花川戸のほうは、川越とを結ぶ舟運の河岸問屋で、そこが川越舟の貨客を取り扱っているのである。

すでに勘兵衛は、三日前に確認に行ったが、河岸沿いに、入荷、出荷の蔵が並び、舟待ちの旅人を入れる船宿めいた設備もあった。

ここを正午に発つ川越舟に乗り込み、中山道、蕨の宿に近い戸田河岸で下りる。

そこには、故郷からの目付衆が待ち受けているはずだ。

そこで佐田平八郎と別れ、佐田は、そこまで目付衆を案内してきた新高陣八と一緒に江戸屋敷に戻り、勘兵衛たちは、一路、国許を目指す、という寸法であった。

ひととおりのおさらいが終わるころ、襖の向こうから松田用人の、新高陣八の声がした。

「立ち戻りまして、ございます」

「おう、入れ」

松田が言うと、陣八が入ってきて、

「調《ととの》うてございます」

と言った。

「ふむ。ご苦労であった。すぐに出よう」

立ち上がりながら、勘兵衛に言った。

「昼飯は、茶漬けにしよう。例のところじゃ」

「は……」

ということは、［かりがね］で密談ということか。

だが、昼間から、というのは初めてのことであった。

「おまえは、小半刻ばかりしてから、ここを出るがよい。そこに深編笠を用意してお
るから、忘れるな」

面貌を隠してこい、ということは、やはりそうらしい。

4

芝神明門前町は、内門前《うちもんぜん》ともいって、寺社奉行の管轄地であった。
それで町方の取締りの手も入らず、ここかしこに悪所がある。
と思えば書物問屋や陰陽師《おんみようじ》の祈禱所などもあるが、細い路地の入口近くには昼間
から客引きの女が立っている。

勘兵衛が「かりがね」に着いたのは、正午を少し過ぎたころであった。

夜に比べれば、人通りは少ない。

暖簾がしまわれ、入口も閉じているところを見ると、「かりがね」が開くのは夕刻からかもしれない。

左右を見まわし、人の目のないことを確認してから、勘兵衛は垣根の目立たない枝折り戸を押して、庭に入った。

それから深編笠を取り、玉砂利を踏んで奥座敷に近づいていった。

いつもなら、ここの女将であるおこうが、座敷障子を開いて顔を出すはずであったが、きょうはちがった。

（ふむ）

奥座敷まで、あと三間（約五・五㍍）というところまで近づき、勘兵衛は足を止めた。

「…………」

やや、うつむいて勘兵衛は、内側の気配を読んだ。

（二人……、いや三人か）

複数の人物がいると感じたが、うまく読めない。

（松田さまだけではない）
松田と、女将とは思えなかった。
「………」
初夏の陽が、真上から照らしてくる。
勘兵衛が、やや足を開いて不時に備えたとき、静かに障子が開きはじめた。
「や……！」
顔を覗かせたのは、見知らぬ男である。
しかも、勘兵衛と同年代の町人のようであった。
だが、目つきといい、引き締まった体つきといい、とても只者とは思えない。
次に、もうひとつの顔が現われて、
（ややっ！）
勘兵衛は驚いた。
よく見知った、浅草瓦町の菓子屋、［高砂屋］藤兵衛であった。
藤兵衛が言った。
「驚かせましたかな。まことに申し訳ない。ささ、どうぞお上がりください」
言うと、大きく障子を開け放った。

床柱を背に、いつもの場所に松田はいた。

（これは、いったい……）

どういうことだ、と思いながら勘兵衛は、

「では、ごめん」

声をかけて奥座敷に近づいた。

松田のほかに、三人がいる。

一人は［高砂屋］藤兵衛、一人は、その長男の喜十《きじゆう》で、いま一人、最初に顔を見せた男は、きょうが初見であった。

（はて……？）

濡れ縁に上がりながら、勘兵衛は考えた。

（つい十日ばかり前にも、藤兵衛の姿をちらりと見たが……）

そう考えた、次の瞬間に、

（あ、もしや……）

途方途轍《とほうとてつ》もない考えが、雷光のように閃いた。

「障子は、どういたしましょうか」

勘兵衛が尋ねると、

「うん。昼間のこととてな、閉めたほうがよさそうじゃな」
松田は答え、
「適当なところに座るがよい」
と言った。
「はい」
と答えて障子を閉めながら、勘兵衛は、二年前の新吉原でのことを思い出している。
あのとき勘兵衛は、
——服部源次右衛門どのは、二人おりますのか。
と、松田に問うたことがある。
そのとき松田は、
ハハハと笑ったのちに、
——いや、聡《さと》いやつじゃ。
とだけ、答えた。
(それだけでは、ない)
先ほど勘兵衛は、奥座敷の気配を読もうとしたが、うまくいかなかった。
つまりは、気配を消す技を持っている。

（もしや……）

勘兵衛の胸は騒いだ。

「驚かせたようじゃな」

松田が、のほほんとした声を出し、

「なぜ、［高砂屋］がここに……と、思うておるじゃろうな」

と言った。

「は、たしかに、びっくりはいたしましたが、もしや、とも思うてございます」

「なんと……」

次には松田が驚いたように、凭れていた床柱から、身体を起こした。

「もしや、なんじゃと申すのじゃ」

「ははぁ……」

「かまわぬ。遠慮のう、申してみよ」

勘兵衛は、臍《ほぞ》をかためて、

「当てずっぽではございますが、もしや、忍びの御目付さまかと……」

「こりゃ、驚いた」

松田は目を丸くして、

「どうじゃ。藤兵衛」

と声をかける。

「いやはや……」

藤兵衛は静かに笑い、

「見事に、見破られ申したな。いや落合どのは、日に日に鋭くなられるようじゃ」

答えて、勘兵衛に向かい、

「改めて、ご挨拶を申し上げる。隠形《おんぎょう》の身ゆえ、これまで隠してござったが、拙者、服部源次右衛門でござる。もっとも、今回の勤役《きんやく》を最後に隠居して、この喜十に役務を引き継ぐ所存、どうか、ご交誼のほどを、よろしくお願いをいたす」

喜十ともども、頭を下げるのに、

「いや。こちらこそ、よろしくお願いを申し上げます」

勘兵衛も頭を下げて、つけ加えた。

「実は、ここの濡れ縁を上がるまで、まるでそうとは気づいておりませなんだ。あの三社祭の日に、ちらりと見かけなければ、気づかぬままでありましたでしょう」

すると——。

「いや、あれは不覚でござった。少少あわてましたぞ」

藤兵衛こと、忍び目付の服部源次右衛門は言って、

「で、こちらは、我が子飼いの者にて、斧次郎《おのじろう》と申します。幼き折より、我が手にて仕込んで、若くはございますが、なかなかの技量の持ち主でございます」

言われて、いかにも俊敏そうな若者が、

「斧次郎と申します」

深ぶかと頭を下げてきた。

「落合勘兵衛と申します。以降、よろしくご交誼のほど、お願い申し上げる」

互いの挨拶がすむのを待っていたように、松田が口を開いた。

「ふむ。これで顔合わせもすんだようじゃ。それでな、勘兵衛」

「は」

「きょうはきておらぬが、喜十の弟で忠八《ちゅうはち》という者がおる」

「はい。存じ上げております」

なにしろ、忍び目付が隠れ蓑としている浅草瓦町の菓子屋の二階に、知らぬこととはいえ、半年あまり寄留していた勘兵衛である。

どこか、おっとりとした喜十は三十で、無口だが、ちゃきちゃきしている忠八が二十六と、年齢《とし》まで知っていた。

松田の説明では、藤兵衛こと服部源次右衛門、それに二人の息子と子飼いの斧次郎の四人ともに、三社祭の日に、あの唐犬髷の八人組の面貌を、しっかり頭に刻んでいるという。

「でな。替え玉行列には、この喜十と忠八が、若君のほうには服部と斧次郎の二人が、前後を警戒しつつ隠密で従う。で、必要なときには、さまざまな方策を使って、おまえと連絡をとるので、そのつもりでな」

「は。それは、まことに心強うございます」

勘兵衛は、正直なところ、百人力を得たような気分であった。

二つの旅路

1

いよいよ、その日がきた。

勘兵衛は前夜、涙に暮れる園枝を抱き寄せて契りを結び、早朝のうちに八次郎とともに町宿を出た。

園枝は、健気《けなげ》にも涙は見せず、

「しっかと、留守を御守りしております。これ八次郎、旦那さまを頼んだぞ」

いつの間に覚えたか、江戸ふうのことばと笑顔で二人を見送ったものだ。

実は、二人とも、まだ旅支度はしていない。

旅装になるのは、今夜の蕨宿でと決めてある。

そのため八次郎は、二人分の旅具を担いだ大荷物の姿だった。

勘兵衛の町宿の真向かいは、大和新庄藩一万三千石の江戸屋敷である。

主は、桑山《くわやま》美作守《みまさかのかみ》、その大名持ちの辻番所が南の角にあった。

時刻は明け六ツ（午前六時）、ようように町木戸が開こうというころだ。

八次郎の大荷物を訝《いぶか》られないよう、二人は桑山屋敷の海鼠塀に沿って北に向かった。

そこで八次郎とは別行動になり、勘兵衛は愛宕下の江戸屋敷へ。八次郎は木挽町七丁目の船宿へと向かうのである。

「八次郎、そう緊張をするな」

「とんでもございません。緊張などはしておりませぬ」

とは言うが、表情がこわばっている。

「ただ、心配ごとが、ひとつ……」

「なんだ」

「はあ、ここだけの話ではございますが、漏れ聞くところによれば、直明さまは痴《し》れ者《もの》だとか……。旅の途次、なにをしでかすかと思いますと、居ても立ってもおられない心持ちでございまして……」

「これ、八次郎」

勘兵衛は、角の分かれ道で足を止めて、たしなめた。

「男が男の悪口を言うではない。男が下がるぞ」

「はあ」

「おまえは、直明さまなど、見たこともなかろう。知りもせずに噂を信じるのか。第一、不敬であろう」

「これは、わたしが悪うございました。どうか、お許しくださいませ」

「うむ。ではな……。のちほどに会おう」

「はい」

西と北とに分かれた。

そして——。

この日の六ツ半（午前七時）、愛宕下江戸屋敷の表門が開き、総勢五十数名からなる行列が繰り出された。

通常の参勤交代であれば、五万石の越前大野藩の隊列は、馬上七騎、足軽六十人、中間人足が百人といったところだが、およそ三分の一に縮小したものであった。

だが、勘兵衛は、松田の執務室にあって、それを見ていない。

ただ駕籠には、頭巾をつけた新高八郎太が乗って、騎馬の士が伊波利三と塩川七之丞の二人だと知っているばかりである。

やがて、松田の手元役である平川武太夫がやってきて、

「ただいま、別状もなく発程《ほってい》をいたしました」

と報告した。

「そうか。では、すまぬが平川、そなた、これから高輪の下屋敷まで行ってな。留守居役に、その旨をお知らせしてきてくれんか」

「は。承知いたしました。直ちに行って参じます」

蟹のように平べったい顔で、深ぶかと礼をして出ていった。

その背を見送ってしばらく――。

松田が、

「やれやれ、骨の折れることじゃ」

と言った。

実は、平川にさえ松田は、今回の替え玉作戦のことは秘密にしている。

「で、直明さまは」

勘兵衛が小声で尋ねると、

「ふむ、目付の佐田平八郎の手引きで、御本邸を抜け出し、今は我が寝所に潜《ひそ》んでお

られるはずじゃが……」

「ははあ、ご寝所にですか」

しょっちゅう、この役宅に顔を出す勘兵衛も、松田の寝所の場所までは知らない。

「どれ、ちょいと見てくるか」

松田が立ち上がった。

この松田の役宅には、今や、用人の新高陣八もおらず、若党の八郎太もいない。

そして先ほどは、手元役の平川まで使いに出したから、残るは、松田の飯炊きくらいなものであった。

「では勘兵衛、おまえは中間部屋に行って、玄関に乗物を準備させておけ。陸尺《ろくしゃく》（駕籠舁き）たちは、まだいらぬからな」

「承知いたしました」

勘兵衛も立って、人足部屋に向かった。

（さて、替え玉の行列は……）

そろそろ、東海道筋に入ったであろうな。

勘兵衛は、その行く方《かた》に思いを馳せた。

昨夕に、［冬瓜の次郎吉］から入った報告によれば……。

氷川《ひかわ》天神近くの越後高田藩の家中屋敷からは、旅装に菅笠の大男が一人出て、赤坂御門を抜け、赤坂方面に向かったそうな。

一方、三河台の越後高田藩中屋敷からも、旅装に菅笠の六人と、風呂敷頭巾の女人が出て、屋敷北東にある盛徳寺に入った。

そして、その寺で大男と合流し、南部坂を下っていったという。

それが、昨日の八ツ（午後二時）ごろであったというが……。

（はて。その女人とは、何者であろうか）

頭巾で顔は定かではないが、物腰からいって、若い女のようであったという。

風呂敷頭巾は、土埃から髪や顔を守るため、外出の際には多くの婦女子の間で流行しているから、怪しくはない。

たぶん、今朝の発駕《はつが》に先行して、江戸を離れたのであろう。

（問題は、残る一人だ……）

次郎吉の報告からすれば、眼が細くて吊り上がった小男が、まだ江戸にとどまっている。

その容貌は、しっかり勘兵衛の脳裏に焼きついていた。

（おそらくは……）

あの小男は、この江戸屋敷の付近に潜んで、行列が門から出るのを確かめたにちがいない。

(あとは、喜十にまかせるほかはない)

勘兵衛は、そう思った。

2

松田の駕籠を役宅の玄関先に準備させたのち、勘兵衛が役宅に入ると、

「あ、これは佐田さま……」

用人部屋の前に、江戸目付の佐田平八郎が、うっそりたたずんでいた。

「やあ、落合どの、久しぶりでござるな」

無住心剣流免許皆伝、江戸藩邸随一の遣い手として知られ、〈佐田平〉とも呼ばれる佐田が、いかつい顔をほころばせた。

三十を超えたばかりの、壮年である。

「お久しぶりでございます。きょうは、よろしくお願い申し上げます」――

念のため、きょう佐田には、若君の警護役として、戸田の船着場まで同行してもら

うことになっていた。

「なんの、おやすい御用だ。それより若君が、江戸留守居さまと、そなたを待っているぞ」

「はい。では、のちほどに……」

佐田の足下に、細長い風呂敷包みがあるのを確かめ、勘兵衛は執務室に戻った。

佐田の腰に、脇差がないことも、勘兵衛は確認している。

風呂敷の中身は、その脇差と菅笠であろう。

というのも、この江戸屋敷から木挽町七丁目の猪牙まで、佐田は松田の若党として、乗物に付き添う役を買って出てくれていた。

執務室に戻ると、松田とともに若侍が一人いる。

「落合勘兵衛でございます」

勘兵衛は、松平直明に平伏した。

「やあ、勘兵衛、此度《こたび》のこと、よしなに頼むぞ」

「は」

ところが松田が、

「これ、直明さま」

厳しい声を出した。

「なんじゃ、爺い」

松田は、直明が、この世に生を受けて以来の、育ての親同様であったから、直明は松田に頭が上がらない。

「そのことばつきは、いけませんぞ」

「あ、そうであったな」

「もう一度、胸に刻まれたい。さて、今回の旅にあっての身分のほどを、もう一度、言わさっしゃい」

「ふむ。名は、松田直次郎《なおじろう》、越前大野藩の使番《つかいばん》、道中手形も、そうなっているのであったな」

「で、禄高は……」

「五十石……、屋敷は大野城下の要町《かなめちょう》」

「さよう。旅の間中、松田直次郎になりきるのじゃ。ゆめゆめ忘れては、なりませぬぞ」

「あいわかった。いや、承知いたしました」

いつの間に着替えたか、直明の服装は、ほどよく古びた微塵格子《みじんごうし》の小袖に、海老茶色の羽織、袴と、いたって地味なものであった。

(これならば、大名の若殿などには見えぬはず……)

馬子にも衣装、とは、よく言ったものだ。

勘兵衛自身も、目立ってはまずい、と相変わらず埋忠明寿剣はしまっておいて、腰のものは父から贈られたものにしている。

「では……」

松田が言った。

「つい先ほどに、五ツ(午後八時)の鐘も鳴った。そろそろ、ご出立とまいりましょうか」

三人で執務室を出て、役宅玄関へと向かう。

そこには、佐田が頭を垂れて、待ち受けていた。

松田が言う。

「わしは、ここまでじゃ。これ、直次郎どの。お父上の見舞ゆえ、先ざき、決して羽目を外してはなりませぬぞ」

「わかっておる。心配はいたすな」

今は、松田直次郎となった直明が言うのに被せるように松田は、

「お父上にな。一日も早く、ご健康を取り戻されることをお祈りしている、とお伝えくだされや」

「うむ。きっと伝える」

言って直明は、佐田が準備した履き物に足を入れ、松田の駕籠に乗り込んだ。

松田の駕籠は権門《けんもん》駕籠とも呼ばれる留守居駕籠で、江戸留守居が幕府高官や町奉行所などに、献残品の進物や金品を贈呈する際に使われる。

本来なら、供侍二人に草履取り、合羽駕籠持ち一人を従えるのであるが、きょう従うのは、勘兵衛と佐田の二人だけである。

「ご無礼ながら、この包みを、お膝の上にでも……」

「わかった」

佐田の風呂敷包みを、直明は素直に受け取った。

「では、落合どの」

「は、しばらく」

留守居駕籠の簾《すだれ》が下ろされるのを確認してから、勘兵衛は陸尺を呼びにいった。

陸尺は四人、切手門から出て愛宕下通りから、すぐに曲がって秋田小路に入る。

なにごともなく、汐留橋を渡って、木挽町通りに入った。

少し先で、八次郎が、首を伸ばして、こちらを見ている。

「うむ。このあたりでよい」

勘兵衛は、駕籠を止めさせた。

すかさず佐田が陸尺たちに、

「江戸留守居さまより、そなたらに手当を預かっておる。ちょいと、こちらへ来られよ」

物陰へ陸尺たちを呼んで、準備のおひねりを配っている間に、勘兵衛は駕籠の簾を上げて、履き物を揃えた。

駆けつけてきた八次郎が、佐田の風呂敷包みを受け取り、

「さ、こちらでございます」

猪牙を待たせた河岸に案内する。

勘兵衛が先に乗り、直明が乗り、追いついてきた佐田が乗って、最後に八次郎が乗った。

「では、頼んだぞ。これは酒手だ」

勘兵衛が二人の船頭に、それぞれ一朱金を握らせると、

「こりゃ、ありがてぇ。へい、おまかせなすって」

元気な声で、猪牙の舫《もやい》を解くと、はやばやと三十間堀に漕ぎ出した。

猪牙の上では、佐田が風呂敷包みを解いて、

「直次郎さま、これを」

直明に菅笠を差し出し、自らも菅笠をつけ、脇差を腰にする。

八次郎は八次郎で、先に乗せておいた大荷物から、勘兵衛の菅笠と自分の菅笠を取り出している。

こうして、二丁櫓の猪牙が木挽橋下を通過するころには、四人ともに菅笠をかぶっていた。

さしずめ、橋上からは、新吉原の昼見世に向かう侍たちとしか見えないであろう。

勘兵衛は、八次郎を直明と佐田の双方に紹介して挨拶をさせた。

初夏の空の下、行き来する舟を、巧みに躱しながら、猪牙は快調に進む。

やがて、大川に出た。

川風になぶられながら、直明が言った。

「いやあ、久しぶりの川行きだ」

その声には、いかにも自由を満喫しているとでもいうような響きがあった。

あるいは、二年前の新吉原通いのことを思い出しているのかもしれない。

「のう、勘兵衛」

直明が話しかけてきた。

「たしか、山路亥之助《やまじいのすけ》だったかな。結局、あやつは、どうなった？」

もう、とっくに忘れているものと思っていた名を出されて、勘兵衛はぎくりとした。

亥之助は、元郡《こおり》奉行の嫡男であったが、銅山不正事件に絡んで故郷を逐電《ちくでん》し、江戸へ逃げた男であった。

そもそも、勘兵衛が江戸にきたのも、その亥之助を討て、との直明自身の密命によるものであったのだ。

「その後、山路の消息は、杳《よう》として知れません」

悔しさを味わいながら、勘兵衛は答えた。

亥之助は、勘兵衛にとって、天敵のような男であった。

「そうか」

直明は、あっさりと、その話題を引っ込め、

「あれは、身共《みども》が、まだ出府の前であったが、そなたの母親が作ったという菓子をもろうたことがあったな」

「はい。けんけら、でございますな」

もう十年以上も昔の、直明も勘兵衛も十一歳のときのことであった。

「おう、そのような名であったな。で、お母君は息災か」

「はい。おかげさまにて……達者でございます」

「それはなによりだ。孝養に励まれよ」

「は、ありがたく……」

（そうか）

直明は、七歳で生母を喪っている。

父母の愛に縁遠く、兄弟もなく、児小姓たちに囲まれて育ってきたのだ……。

一抹の惻隠《そくいん》の情が、勘兵衛の裡に兆した。

「ところでな……」

直明が、声を落とした。

「なんで、ございましょう」

「うむ。宿場の旅籠には、飯盛女《めしもりおんな》というのが、おるそうだな」

（その話か……）

勘兵衛は、胸に苦笑を浮かべた。

松田を通して、直明が伊波や塩川たちに、そのような興味を示したことは聞いている。

「飯盛女なら、たいがいの宿場におりますよ」

飯盛も買わねばつらし薄布団

との川柳もある。

飯盛女は、食売女とも書くように、宿屋で旅人の給仕をしたり、売春をする女のことであった。

「そうか。今夜の……蕨の宿にもおるのだな」

「いえ、今宵の宿は平《ひら》旅籠でございまして、そのようなものはおりません。飯盛りを置くのは、飯盛旅籠といいますので……」

「ふうん、おらぬのか」

つまらそうな声を出す直明に、勘兵衛は言った。

「まだまだ、先は長うございます。いずれかの宿場で、気慰みの機会も作りましょうほどに……」

「まことか。よしなに……、いや、よろしく頼むぞ」

直明の顔に、喜色が浮かんだ。

（やれやれ）

まるで幇間《たいこもち》のような役まわりは御免蒙りたいが、松田からも、

――まあ、少しは遊ばせてやれ。これから先、二度とはできぬことゆえに、一生の思い出を作ってやってもよいであろう。

とも言われていた。

4

江戸の南の関門、ともいうべき品川宿は、南北に十九町四十間（約二一四五メートル）からなる江戸四宿《ししゆく》のひとつである。

今、初夏の陽光をきらめかせる太平洋の汀《みぎわ》街道を、小ぶりな大名行列が行く。

先頭を行くのは、二列の金紋先箱《きんもんさきばこ》で、続いて毛槍と槍組が続く。

金紋先箱は黒漆塗りの挟み箱に、家紋の〈丸に三葵《さんあおい》〉が、金泥《こんでい》塗りで描かれていて、槍の穂先には、黒羅紗《くろらしや》の穂袋が被せられている。

この二つで、この行列が越前大野藩の行列だとわかる。

いわば、金紋先箱と槍の穂袋は、一種の旗印のようなものだが、実のところは、敵を幻惑させるための旗印なのであった。

その行列の殿《しんがり》が高輪南町を過ぎ、品川の宿場町に入っていった。

その遙か後方を、［高砂屋］の喜十が行く。

その喜十が目で追っているのは、半町ばかり前を、ゆっくりと歩く小男であった。

振り分け荷物に道中差しが一本、股引脚絆に草鞋がけで、菅笠をかぶった旅の商人に身を窶《やつ》しているが、三社祭のときに確かめた、あの小男にちがいなかった。

今朝、喜十は、まだ夜も明けぬうちから愛宕下に出て、切り通しの青竜寺山門の陰に忍んで気配を消した。

これは、忍法でいう隠形《おんぎょう》の一種で、陰術という。

実は昨夕、江戸屋敷から平川武太夫が、松田の書面を届けにきた。

それによると、七人の唐犬額に女が一人加わって、すでに旅立った様子だという。

それで弟の忠八は、一足早く、昨夕のうちに彼らを追っていったのである。

喜十が隠形に入って、しばらく——。

空の色が暁《あかつき》から東雲《しののめ》へ、そして曙《あけぼの》が訪れるころ、すぐ隣りの時鐘が鳴った。

そして朝ぼらけとなったころ、遠くカラスの声が届いた。

西のほうからは、足音が近づいてくる。

まだ人通りさえない切り通しの道を、旅装の小男が過ぎるのを見て、喜十は薄く笑った。

おそらく、こちらからくるであろう、という喜十の読みは、ぴたりと当たっていた。

はたして小男は愛宕下通りに入ると、青松寺の山門に隠れた。

これも、喜十の読みどおりであった。

三社祭の折、［泉屋］の物干し場にいた男のうちの一人に、ちがいはない。

それから半刻ばかり――。

越前大野藩の江戸屋敷から、行列が出た。

それが過ぎたのち、小男は間を置いて行列に続いた。

そのまたあとを、喜十は尾行を続けてきたのである。

小男が行く、街道の西には八ッ山《やつやま》と呼ばれる丘陵地があって、さらにその奥には御殿山がある。

その名のとおり、山上には将軍が狩猟の折の休息所となる御殿が建っている。

もっとも、これより二十五年のちの元禄十五年（一七〇二）に、この御殿は焼失して、のちには江戸市民の花見の名所となった。

それはともかく――。

八ッ山の麓あたりから、ずーっと茶屋が続く。

そんな茶屋の床几に、喜十は腰を下ろした。

というのも、あの小男が海手に建つ稲荷社に入っていったからだ。

谷山《ややま》稲荷という。

「…………」

出された茶を啜りながら、喜十は注意深く稲荷を窺った。

おそらくは、そこが一味の集合場所であろう。

ほどなくして、小男が姿を現わし、また街道を進みはじめた。一人である。

(そんなはずは、ない)

喜十は、なおも慎重に床几を立たず、茶を啜り続けた。

(おや)

半町ばかり先の茶屋から、男女の旅人が床几を立って、小男と目配せしたのを喜十は見逃さなかった。

(ふむ……)

男のほうは、坊主頭に宗匠頭巾、いかにも町医者という風体《ふうてい》だが、顔だけはごまかせない。
(唐犬鬢を坊主に変えたか)
喜十は、薄く笑った。
連れの女が、昨夜に松田が文で知らせてきた、風呂敷頭巾の女であろう。
今はすっかり、町医者の夫婦者の旅みたいに装っているが、喜十の目はごまかせない。
女の面体を、じっくり拝みたいところだが、なお、しばらく、喜十は茶屋に居座った。
谷山稲荷に、まだ仲間がいるはずであった。
(うむ)
しばらくして、稲荷から商人の二人連れが出た。
まとまって目立つのを用心しているのだ。
(あと四人……)
喜十は茶屋を出て、さりげなく谷山稲荷の境内に入った。
無人である。
残る四人は、先行している、ということだった。

（忠八が、すでに食らいついているはずだ……）

八歳の夏から六年間、越前松平家ゆかりの伊賀忍の子弟は、福井の越前宗家の元で厳しい修行を受ける。

喜十も忠八も、その修行に耐えて、その後も修練に怠りはない。

5

勘兵衛は、川越船の上だった。

乗客は、勘兵衛一行も含めて十二人、その乗客のうちに、商人姿の服部源次右衛門と斧次郎がいることを、勘兵衛は気づいていた。

だが、八次郎は気づいていない。

勘兵衛もはじめは驚いたが、源次右衛門は七十過ぎにしか見えない老人に、変装していたのである。

千住《せんじゅ》の船着場で、三人が下りて、七人の旅人が、新たに乗船してきた。

緊張を解かずにいるが、怪しい素振りの者はいない。

十六人の乗客のうち、侍姿は、勘兵衛たち四人だけであった。

大川（隅田川）が荒川と名を変える水脈《みお》が、西へと続く。

やがて左手から石神井川《しゃくじい》が合流してきたあたりで、川筋は大きく東方へと蛇行する。

このあたりを、浅間の淵、という。

右も左も、見渡すかぎりの田畑であった。

八次郎の大荷物にもたれかかって、直明は、うつらうつらと舟を漕いでいる。

直明の旅装品一式は、早発ちをした新高陣八が、蕨の宿まで運んでいた。

左右の風景から田畑が消え、荒れ地が続きはじめた。

前方を、渡し舟が横切っていく。

六阿弥陀《ろくあみだ》の渡し、といった。

それから先、荒川が、また大きく蛇行する。

それも百八十度もの、方向転換であった。

川越舟が、大きく傾いだ。

直明が目をさまし、きょろきょろと周囲を眺めてから言った。

「どのあたりだ」

勘兵衛は答えた。

「右手は足立郡、左手は豊島郡の豊島村あたりでしょう。西にずっと行くと、板橋です」

「ふうん」

わかっているような、いないような返事をして、

「少し、腹が減ったな」

直明が言った。

花川戸の船宿で、早めの昼食をとってから乗船したため、はや空腹を覚えたのだろう。

このあたりは流れも緩やかなため、旅慣れた商人のうちには、両岸の風景を肴に酒を酌み交わす姿も見られた。

「あと、一刻もかからぬでしょう。ご辛抱ください」

「わかった」

直明は、思った以上に素直であった。

そして――。

だんだんに両岸の風景が、町めいてきた。

左前方に、戸田の船着場が見えた。

戸田で下船するらしい乗客たちが、ざわざわと荷物の整理をはじめている。

「まもなくですぞ」

勘兵衛が言うと直明も、

「うむ。もう十年以上も前のことだが、あの風景には見覚えがある」

と言った。

船着場から高い土堤上に向けて、階段が刻まれていて、土堤には松並木があった。

空にはゴイサギが舞っている。

（ふむ）

船着場に五、六人、土堤の上にも五人ばかりの侍の姿が見えた。

どんどん近づくにつれて、顔かたちも見てとれた。

船着場に、新高陣八の姿が見えた。

さらに——。

（おう、あれは義兄上《あにうえ》ではないか）

勘兵衛の姉の詩織《しおり》が嫁いだ、室田貫右衛門《むろたかんえもん》の姿もあった。

室田は八十石の徒小頭《かちこがしら》であったが、昨年、勘兵衛が帰郷した折に出くわした、西潟《にしがた》代官の不正事件探索に関わり、大いに功あって、昨年の暮れに目付職になっている。

（これは、心強い……）

おそらくは、大目付である園枝の父の配慮であろう。

そう考えたとき勘兵衛は、ふと、今朝別れたばかりの園枝の相貌と、昨夜の閨での裸身を瞼の奥に甦らせた。

（…………）

舟が着いた。

勘兵衛は、雑念を振り払うように、勢いよく立ち上がり、

「下りますぞ」

直明をうながした。

まずは、順調な滑り出しというべきであった。

北近江雲雀山《きたおうみひばりやま》

1

妻籠《つまご》、馬籠《まごめ》の木曽路も過ぎて、勘兵衛たちの旅は、まことに順調であった。

その間、直明はほとんどが馬子《まご》に曳かれる軽尻《からじり》という駄賃馬の上で、勘兵衛と八次郎が、これにべったり寄り添っている。

それに前後して目立たないように散らばり、国許から警固に駆けつけた十人の目付衆が目を光らせている。

服部源次右衛門と斧次郎の姿は、戸田の船着場を最後に、とんと見えなくなったけれど、先まわりしたり、後方にまわったりして、警戒を怠ってはいないだろう。

途中、雨にも遭ったが、順調すぎるほどの道中が続いている。

直明も、すこぶる上機嫌だ。

と、いうのも、ある狂歌に——。

くぐつめに　つかい果たして
旅人の財布もあはれ　軽井沢

とうたわれるほど、食売女で名高い軽井沢の宿では、新吉原ならば花魁《おいらん》にあたるという、ごくごく上玉をあてがっておいたし——。

御嶽《おんたけ》、伏見《ふしみ》、太田《おおた》と過ぎて美濃に入った鵜沼《うぬま》の旅籠でも、

——どうで、あろうのう。

それとなく、ねだってくるのに、

——よう、ございましょう。しかし、国許までは、これが最後でございますぞ。

釘だけは刺して、直明の要求にこたえた。

もちろん勘兵衛は、警固に徹している。

女どころか、この道中の間、酒断ちまでしていた。

そして、江戸より百四里、加納の宿の問屋場で馬を替え、中山道を捨てて郡上《ぐじょう》街

道に入った。

この郡上街道は、刀鍛冶で知られる関《せき》、そして上有知《こうずち》、郡上八幡、白鳥と過ぎて石徹白《いしとろ》の大師堂まで続く、白山信仰の道であった。

今夜の宿は、卯建《うだつ》の屋根が連なる上有知と決めている。

だが、そこから先は、深い谷を刻みながら蛇行する長良川に沿った谷筋の道で、幾多の峠を越えて郡上八幡の城下町に至る。

（これから先……）

一瞬たりとも、気は抜けぬぞ。

と、勘兵衛は心に期した。

故郷の大野までは、あと四十余里であった。

2

そのころ——。

［高砂屋］の喜十の姿は、北国脇往還《ほっこくわきおうかん》にあった。

中山道の関ヶ原と、北国街道の木之本《きのもと》を結ぶ、この脇街道は、北陸と東国とを結ぶ近道として大いに利用されている。

かつて羽柴秀吉が賤ヶ岳《しずがたけ》で柴田勝家と対立したとき、大垣からの十三里余りを、わずかに二刻半（約五時間）で駆け抜けたという、いわゆる〈美濃の大返し〉で知られる街道でもあった。

その脇街道の木之本寄りに、伊部《いべ》という鄙《ひな》びた宿場がある。

北の小谷山《おたにやま》には、かつて湖北の大名であった浅井長政《あざいながまさ》の城跡があり、西の虎御前山《とらのごぜんやま》は織田信長《おだのぶなが》が、小谷城《おたにじよう》攻めの砦を築いたあたりである。

さて、鄙びた宿場と書いたが、この伊部宿は、かつては小谷城の城下町として栄えたところで、多くの商人や住民たちは長浜に移住させられた。

その名残ともいうべき伊部の地には。肥田《ひだ》家という代官職の本陣があって、街道に向かって十四間半（二六・四㍍）もの間口を広げている。

裏の厩《うまや》まで、騎馬のままで入れるという大規模な屋敷であった。

実は明日の夕、越前大野の行列は、この本陣に宿をとることになっている。

ところで関ヶ原から、藤川の宿、春照《すいじよう》の宿と辿って、この伊部の宿に入る手前に、雲雀山という小山があった。

ちょうど小谷山の山麓が終わるあたりに、瘤《こぶ》のように盛り上がった小山である。

さて、その雲雀山の中腹に、一本の樅《もみ》の大木があった。

その大きく枝を張った葉陰に溶け込むように、一人の男が微動だにせずにいる。

喜十であった。

上から下まで、緑色の衣服に身を包み、緑色の覆面までしている。

これまた、隠形の一法であった。

木遁《もくとん》の術という。

そうではあるが、これはまた、いかなる、わけなのか——。

その事情を説明するには、いささか時を戻さなければならない。


喜十が、そう感じたのは、早くも一日目の品川の宿を過ぎたあたりであった。

谷山稲荷を出た二人連れの商人は、意外なほどの急ぎ足で、町医者の夫婦者に化けた男女を追い抜いた。

（奇妙だぞ）

その前方には、行列の後方、荷駄の列に殿《しんがり》の徒士が見える。

その背に、くっつくようにして小男が認められた。

一方、偽医者の夫婦連れは、ゆっくりと歩む。

行列のあとを行くのだから、どうしてもそうなる。追い越すことは許されない。

しかし、品川の宿場町には、いろいろと脇道があった。

急ぎ旅の者なら、たいがいが脇道を使って大名行列の前に出ようとする。

それで多くの旅人は、大名行列が北品川の御殿山下を過ぎるのを待ちかねたように、溜屋《ためや》横町と呼ばれる迂回路に急ぎ足で入って、品川洲崎の道で追い越しを試みる。

例の小男が、そうした。

(こやつらは、後詰《ごづめ》か)

とっさに判断した喜十は、たちまちに偽医者を追い抜いて、早足となった。

といって、あまりの早足で怪しまれてもならない。

そのあたりの加減が、むずかしいところだ。

小男に続き、二人連れの商人も、溜屋横町に曲がった。

喜十も、間を詰めながら、溜屋横町に入った。

品川河口を鳥海橋で渡り、品川猟師町の細く長く続く洲崎の道を駆け足で、南品川の二丁目まで出る。

かろうじて、行列の前に出ることに成功した。

さて、奇妙なのは、その先である。

第一日目の行列の泊まりは、戸塚宿の脇本陣と決まっている。

この地は、江戸日本橋へ十里、小田原へ十里と、前後の道程が一日の旅程に最適のため旅客が混雑するところであった。

それで昨年の八月に、新たに矢部宿と吉田元町に伝馬の宿を置くことが許されて、以降、〈戸塚三ヶ宿〉と呼ばれるようになったところである。

それは、どうでもよい。

喜十が尾行する商人の二人連れも、小男のほうも、意外な健脚ぶりを見せて、矢部、吉田元町、戸塚と過ぎて、さらに先へと足を伸ばしていく。

両側が松並木の街道を行き、やがて千本杉ともいわれる杉並木を抜けて、戸塚より一里三十町の藤沢宿でも足を止めない。

もっとも、並の旅人とは比べものにならない急ぎ足だから、まだまだ陽は残っている。

（そんなに急いで、どうするつもりだ……）

不審を感じつつも、喜十は余裕綽綽《ゆうしゃくしゃく》で緩急自在に尾行する。

藤沢から、次の宿場の平塚までは三里半、すると今宵の宿は藤沢かと思っていたら、さにあらず……。

もうとっぷりと日暮れたというのに、藤沢の宿場も通り過ぎてしまった。

(なにか、ある……)

そのとき、はっきりと喜十は、不審を感じたのである。

結局のところ、平塚より二十七町(二九四五メートル)先の大磯が、この日の宿となった。

江戸日本橋より、十六里二十町もの長旅であったのだ。

その間――。

通過してきた旅籠に、弟、忠八の目印が出ていないかどうか、ぬかりなく目を配ってきたが、印はない。

先行の四人は、さらに先へと進んでいるということだ。

3

そして三日前の夕、商人の姿を百姓姿に変えた喜十は、三人の男を追って関ヶ原から北国脇往還にと入った。

近江の国である。

とっくに小男は、完全に三人連れの一人に同化して、同じ旅籠に泊まり、一緒に出発するようになっていた。

その三人連れが入った脇往還には、本陣のある宿場が三つある。藤川宿に、春照《すいじょう》宿、そして越前大野藩の一行が入る伊部宿であった。

（はたして……）

喜十の胸が騒いだのは、〈右　北國《ほっこく》きのもとえちぜん道〉、〈左　長浜道〉と刻まれた道標が建つ、春照の宿場町を過ぎたあたりからである。

というのも、先を行く三人連れの道捗《はか》が、がたんと落ちた。

落ちたというより、これまでが嘘であったように、周囲の風景を愛で、談笑さえしながら進んでいくのであった。

（さては……）

伊部の本陣で、なにかを仕掛ける気か、と喜十は思っている。

そうとしか、考えられない。

たしかに、盲点である。

木之本から北国街道に入れば、福井の城下までは、数えきれないほどの峠の上り下りが続くのだ。

奇襲をかけるとすれば、まず、そのいずれかの峠道を選ぶであろう。

誰もが、そう思う。

逆に言えば、行列を通過させるにあたって、もっとも警戒を要する場所でもある。

その北国街道に入ろうとする、わずかに手前、それも宿泊所の本陣が目前となると、思わず警戒の手もゆるむであろう。

(あやつら……)

それを狙っているのか、と喜十は想像した。

(しかし……)

自然に、喜十の目は、周囲を窺う。

だが、続くのは右も左も、田植え前の田が広がるばかりだ。

その田圃《たんぼ》では、百姓たちが田起こしをしたり、田に水を入れて代掻《しろか》きに余念がない。

街道は、そんなのどかな風景のなかを、ゆるやかな坂となって上っていくのであった。

八島《やしま》の集落を過ぎたあたりである。

畦道から百姓が一人、往還に出てきた。

頬被りの上に、簑笠……。

思わず、喜十の頬がゆるんだ。

弟の、忠八であった。

だが、忠八は喜十を振り返ることもなく、とぼとぼとした足どりで喜十の前を行く。

「…………」

喜十は忠八の野良着の背を見ながら、後方に従った。

やがて、前方にまた集落が現われた。

尊勝寺《そんしようじ》の集落である。

そのとき、後ろに組んだ右手を、喜十が二度開いて、拳を作った。

それを二度、繰り返す。

ここらで、待て。

というのである。

（わかった……）

喜十は街道脇の、野草が繁っているあたりに腰を下ろして、待つことにした。

足下には、山菫《やますみれ》の紫の小花、名も知らぬ白い小花が咲き乱れている、
街道の西、田圃の向こうに寺が見える。

その寺が、かつては北近江の一向宗が籠もって織田信長と戦った、尊勝寺城の跡といわれている。

田圃のなかに、今も土塁や堀が残っている様子が、なにやら痛痛しい。

そんな目で見ると、忠八が入っていった、あの尊勝寺の集落も、かつては賑わいを見せたであろう小谷城、城下町のなれの果て、ということであろうか。

半刻とたたないうちに、忠八が戻ってきて、

「先ほどの三人は、伊部の〈へうたん屋《ひょうたん》〉という旅籠へ入りましたぞ」

「ふむ。じゃあ、先行した四人も、同じ旅籠か」

「いえ。やつらは、ここより北方の山裾、須賀谷《すがたに》の集落にある、神明宮《しんめいぐう》に滞在しております」

「なんと……」

「それが、兄者《あにじゃ》、なんとも由由《ゆゆ》しいことになっておりますぞ」

忠八の説明では、こうだった。

4

忠八が、唐犬額の四人を追って、この尊勝寺の集落まできたのは、昨日のことである。

件《くだん》の四人は侍姿で、尊勝寺の集落を抜けると、やがて街道筋を離れて北への脇道に入った。

向かった先が、須賀谷の集落にある神明宮であった。

その神明宮の境内に、長く使われていない空き茶屋があって、そこを借り受けたようだと忠八は言う。

この須賀谷というのは、小谷山山麓の谷間にあって、温泉が出る。

賤《しず》ヶ岳《たけ》の七本槍の一人として名を馳せた片桐且元の出身地である、と同時に、小谷城主であった浅井長政も、平時は、その地に屋敷を構え、長政や、絶世の美女とうたわれた妻のお市《いち》の方も、その地で湯治をしたと伝えられる。

「実は、その神明宮には、あやつらより先に、二人の武士が逗留しておりました」

「なに、すると……」

「はい。おそらくは越後高田の者、ずっと早うに、この地に入り、襲撃の工作をしていたと思われます。それとなく聞き込んだところによれば、五日ほど前にやってきて、近郊の杣人《そまびと》を秘かに雇い入れ、土木普請をしている様子でございます」

「ほう、場所は」

「はい。それは、これからご案内を……、それより兄上、今朝方、連中が出払ったのを幸い、神明宮に忍び入り、やつらの荷を確かめましたところ、弓、三張りが、ございましたぞ」

「ふうむ……」

やはり、このあたりで行列を襲撃する計画であるのは、まちがいない。

「では、さっそくながら、まいりましょうか」

忠八の案内で尊勝寺の集落を抜け、脇往還を進む。

歩きながら忠八が言う。

「右手の山が小谷山、ほれ前方の山裾に、小さな山が見えましょう」

「ふむ。五十丈（一五〇㍍）は、なさそうだ。山というより、古墳のようにも見えるな」

「いかにも……。尾根のあたりで、古い土師器《はじき》が出るそうですから、円墳《えんぷん》のようでございますな。このあたりでは雲雀山と呼ばれております。街道は、あの雲雀山の南麓を巻くようにして北に曲がり、曲がったあたりが伊部本陣でございますよ」

「や……！」

そのとき、喜十が小さくうめいて、

「南の斜面で人が蠢いておるな。うむ、あれは人足のようだ。おまえが言うた、土木普請とは、あのことか」

「ハハ……、相変わらず、兄者の遠目はたいしたものですな。街道からは目立たぬ位置に、丸太を十本ばかり引き上げて、なにやらやっているようでございますが、子細までは、まだ確認できておりません」

「決まったこと。あの斜面を利用して、行列に丸太を転がし落とすつもりであろう」

「そのようですな」

忠八にも、その見当はついていたらしい。

「弓は、三張りと言うたな」

「はい。すると神明宮に残る敵は、弓矢の三人を除けば三人で、それに、先ほど〈へうたん屋〉に入った三人を加えると六人が……」

「うむ。丸太を落とす役が、一人か二人、すると残る四、五人が駕籠に向かって斬り込む、という寸法かな」

行列が斜面を転がり落ちてきた丸太に混乱したところに乗じて、三人が矢を射かける。そして四、五人が斬り込んでいく。

もちろん目標は、駕籠の人物一人であろう。

（なんと、大胆な……）

思いつつ、すぐ右側に迫った雲雀山の中腹を、秘かに喜十は窺った。

雑木に覆われ、普請をしている様子は見えない。

行列の到着は、三日ののちであった。

(それまでに……)

丸太を転げ落とすのに邪魔となる、斜面の雑木を伐採する必要がありそうだな、と
喜十は思った。

(ふむ)

歩みを止めないままに、山の端に沿って街道が右に曲がろうとするあたり……。

ひと筋の階段坂が、雲雀山に刻まれていた。

「………」

前後に人の気配がないのを確かめて、喜十は足を止めた。

階段坂は、右手に曲がりながら木立に消えて、その先は見えない。

「ここの鎮守で、古矢眞《こやま》神社というのがあります」

忠八が言い、続けた。

「実は、今朝方、わたしが尾行した四人の唐犬額が、この階段坂を上っていきましたようで」

「なに」

喜十は、街道を振り返り、丸太が仕掛けられているあたりの雲雀山の斜面を見、次に階段坂の先を見つめた。

「どれ。古矢眞神社に参拝をしようか」

「承知」

喜十と忠八の兄弟は、右へ右へと曲がっていく、ごく短い階段坂を上り、やがて社殿に着いた。

境内は無人で、しんと静まりかえっているし、そこから街道筋は望めない。

「やはり、鎮守の杜《もり》だな」

喜十が言うと、

「そう、思います」

忠八が返した。

喜十たちが上ってきた階段坂の両側には、より濃密に樹木が育てられ、鬱蒼とした杜になっている。

再び階段坂を下りはじめた喜十は、途中で、ひょいと杜のなかへ足を踏み込んだ。

忠八は、用心のため、階段坂で見張っている。

やがて戻った喜十に、

「どうでした？」

忠八が尋ねてくる。

「うむ。街道を見下ろす、恰好な場所がいくつもある」

「じゃ、弓は、そこからですな」

「うむ。下には五、六人の斬込隊《きりこみたい》が潜める茂みが、いくらもある」

街道筋まで下りながら、ひとつひとつの茂みを確認した。

「では、本陣を確認するか」

行って、再び脇往還に戻った二人だが、それは、もうすぐのところにあった。

問屋場があって、すぐその先の、ひときわ大きな建物であった。

関札《せきふだ》が立てられていないところを見ると、きょうの泊まりはないらしい。

そこから先に、旅籠が続く。

まだ陽も高いから、呼び込みもない。

「ところで、おまえの旅籠はどこだ」

喜十が尋ねると、

「はあ、須賀谷に無人のお堂を見つけまして……」

「フフ……潜り込んだか」

敵の監視には、よいところらしい。

「すぐ、右で……」

「うん」

軒に大きな瓢簞をぶら下げた、小ぶりな旅籠が、喜十がつけてきた小男を含む三人が入った宿であろう。

そこも通り過ぎると、あっという間に宿場町は終わった。

と、いうものでもない。

実のところ、この伊部宿は、ほかの宿場とは形態を大いに異にしている。

上小谷、下小谷（郡上宿）の二つの宿を合わせて、ひとつの駅務を果たす特殊な宿場町であった。

その郡上宿とは、十町（一〇〇〇メートル）ばかりも離れているのであった。

この二つの宿場の間には、また左右に田園風景が広がっている。

そんな往還の途中まで行って、

「よし。では、戻ろうか。今度は、おまえの、御殿を拝見といこうか」

喜十は言った。

忠八が須賀谷に見つけた、無人のお堂に行こうというのである。

「兄上も、そちらで今宵を……」

「馬鹿を言え。俺は、ちゃんと旅籠に泊まる。だが、まだ陽も高いし、この姿ではな」

忠八の居場所を確認したついでに、百姓姿から商人の姿に変えなければならない。

5

翌朝、伊部宿の〈へうたん屋〉隣りの旅籠から、荷を背負った一人の商人が出た。

そのまま、北国脇往還を南に向かう。

左に古矢眞神社の階段坂を、さらに雲雀山の山麓を縫って、ただただ南へと下った。

途中、草鞋《わらじ》の紐を結び直すふりをして、雲雀山中腹を窺う。

(まだだな……)

丸太普請の人影は見えない。

そのまま、尊勝寺の集落にかかったあたりで脇道に入った。

かつて、織田信長の越前侵攻により、浄土真宗本願寺教団の信徒たちが、大規模な一揆を起こした。
越前一向一揆という。
江北の地では、一向宗は浅井氏、朝倉氏と手を組んで織田信長に対抗した。
このとき一向宗は、江北十ケ寺を城として、戦った。
そのひとつが、尊勝寺城だ。
だが今は、もう、その跡形もなく、当時の土塁や堀跡が田園のなかに埋没している。
尊勝寺城址は、称名寺と変わった。
喜十は、その寺で四ツ（午前十時）ごろに、弟の忠八と待ち合わせをしていた。
称名寺からも、雲雀山は見える。
南の山麓まで、およそ五町ばかり。
だが、喜十の遠目をしても、人の動きまでは察知できない。
ただ空漠として、喜十は刻を過ごした。
やがて彼方に、背負い籠を背にした農民の姿が現われた。
忠八である。
それを認めて、喜十は寺山門の陰に移動した。
「兄者」

忠八は、山門の金剛垣《こんごうがき》のところに座り込み、喜十に背を向けて話しはじめた。

喜十は喜十で、寺院の境内に目をやって、人景色《ひとげしき》の有無を確かめている。

「神明宮のほうは、今朝方早くに、唐犬額が一人出て、関ヶ原方面に戻っていきましたが、おそらくは行列の物見《ものみ》であろうと思われます。それゆえ捨て置きました」

「ふん。そうであろうな。きょう……、いや明日の行列の泊まりは、大垣の脇本陣であったな」

「はい。そのとおりで……。おそらく、その関札を確かめたのち、戻ってくるでしょう」

と忠八が答える。

東海道を宮（熱田神宮）の宿まで進んだ行列は、ここで東海道を捨て、美濃路に入る。

美濃路は、宮宿から中山道の垂井宿まで、その間、名古屋、清洲、稲葉、萩原《はぎわら》、起《おこし》、墨俣《すのまた》、大垣と七つの宿場がある。

行列の、きょうの宿は稲葉（現：愛知県稲沢市）の本陣で、明日は木曽川、境川、長良川、揖斐《いび》川と四つの大河を渡って、大垣に入るのであった。

宿泊所となる本陣や脇本陣には、もちろん前もって予約をしているが、本陣に入れば、すぐに先触れが、次の宿泊所となる本陣に伝令に向かう。

この先触れをもって、本陣は〈松平若狭守宿〉の関札を掲げるのであった。

ちなみに松平若狭守、とは直明のことだ。

それゆえ、敵の物見は、大垣の本陣で、その関札さえ確認すれば、行列が遅滞なく、予定どおりに進んでいることを知ることができる。

これを逆手《さかて》に読めば、明後日に伊部本陣に関札が上がるのを待ってはいられない、という敵の切迫した事情も伝わってくるのであった。

忠八が言う。

「それから先ほど、十人ばかりも人足を連れ、また雲雀山に入りましたぞ」

「そうか。敢えて汗馬《かんば》の労をとる、というところだな」

敵も必死らしい。

「ところで昨夜、神明宮から一人、〈へうたん屋〉に入りましたぞ」

「おうさ。もちろん、抜かりはないわ。きのう到着の三人と、夜には連絡をとるはず、と目を光らせておったわ」

「して……」

「うん。天井裏からな……。細かな段取りのほど、すべて、この耳に入れたわ」

「さすがは兄者。で、どのような……」

「うむ。まずは、こちらの読みどおりだ。丸太の切り放ち役は二人、弓矢が三人、斬込隊が四人という陣容だ」

「九人でございますか」

「うむ。ああ、こうも言っておったな。襲撃の要となる丸太の罠だが、明日の夕刻までに、なんとか仕上がる予定だとな」

「ふうむ……」

忠八が、呻くように言って、

「たしか、男がもう一人、それに女もおりましたな」

「おそらくは、見届け役であろうな。あるいは刺客にくわわるかもしれぬが……」

「ふうむ……」

もう一度、忠八は呻いて、

「そこまでわかれば、手をこまねいて待つこともありません。今夜のうちにも、忍び夜討ちで、連中を始末してしまおうではありませんか」

と言う。

「いや、そうしたいのは、山山だが……」

「なにか、ございますのか」

「相手は、越前松平家の宗家で、徳川御三家に次ぐ家格があるところの家臣だ。下手に刺激を与えず、事を収めたい、というのが江戸留守居さまのご意向でな」

「そんな、悠長な……、きゃつらは、身許を示す物は、一切身につけてはおらぬはず、第一、先に手を出してきたのは、あやつらではありませんか」

忠八が、やや激した口調になった。

「おまえの悔しい気持ちは、よくわかる。しかし、行列の中身が替え玉ということを忘れてはならぬ。万一にも騒ぎになって、それが明らかになることだけは避けねばならぬ」

「…………」

そのことに思い当たったらしく、忠八は沈黙したが、

「しかし……、ならば、どうせよと……」

「うむ。そこのところだ。ちょいと耳を貸せ」

金剛垣から立ち上がり、近寄ってきた忠八の耳に、喜十は、二言、三言、なにごとかを囁いた。

戦いは続く

1

そして翌日のことである。

前夜を、雲雀山の山中で過ごした喜十は、夜明けを待って隠形を施し、一本の樅の大木に登った。

山中で、夜を過ごしたのはほかでもない。

風のあるときなら、かまわないが、無風のときに藪茨《やぶいばら》を踏めば、音が出て敵に覚《さと》られる。

それを避けるためであった。

一昨夜、〈へうたん屋〉の天井裏で盗み聞いた話では、きょうのうちに丸太の細工が完成するという。

その様子を、逐一、見物する腹づもりであった。

樅の木の上からは、その現場が見てとれる。

木杭を地面に打って丸太止めを作り、斜面には、それぞれ八尺（二・四メートル）ばかりの丸太を五本積んだ造作が二ヶ所、それほどの間を空けずに完成していた。

あとは、丸太が転がる先で邪魔になりそうな雑木を伐採したうえで、枝葉を散らして、造作を往還筋からあざむく。

（それから……）

喜十の目は、五本の丸太の左右が、荒縄で輪がけされているさまも、見てとっている。

あの荒縄を、立木に、あるいは木杭に結びつけたのちに……。

（丸太止めの木杭を抜けば、仕掛けは完成するな）

前もって、想像していたとおりの展開なのであった。

あとは、両端の荒縄を切り放てば、往還に向かって転がり出すという仕掛けだ。

一方、弟の忠八のほうは、きのうのうちに美濃路の大浦まで向かっている。

というのも、きょう稲葉宿を出た行列は、萩原を過ぎて起宿《おこり》（愛知県一宮市）の渡船で木曽川を渡る。

それで尾張国から美濃国へと入る。

渡った先は新井村の河原であるが、ここで隊列を整えたのち、隣りの大浦村庄屋の家で、中食の休息をとることになっていた。

忠八は、その大浦村まで、この地の状況を伊波家老に報告に向かったのである。

(伊波家老には、まだ会ったことはないが……)

若いが、なかなかの切れ者と、喜十は聞き及んでいた。

しかるべき手を打ってくれるはずだ。

そんなことを考えながら、樅の木の上で喜十は、人足たちが現われるのを、ひたすら待った。

一刻、いや一刻半は、そうして過ごしただろう。

ふと眠気を感じて、喜十は、腰の印籠から丸薬を取り出した。

伊賀忍者必携の、醒心散《せいしんさん》という。

これは女松《おんなまつ》(赤松)の葉を陰干ししたのに、龍脳香《りゅうのうこう》 人参《にんじん》 黄柏《おうばく》 木通《もくつう》などの生薬《しょうやく》を調合し、細かく砕いて作る丸薬であった。

(苦い……)

思わず喜十は顔をしかめた。

たちまち眠気は吹っ飛んだ。

現代風にいうならば、ベルベリンなどのアルカロイドに、ボルネオールの香気を加えた眠気覚まし、といったところか。

（まだ、こぬか……）

そう思いはじめたとき、ざっ、ざっ、と、藪漕《やぶこ》ぎの音が左前方から聞こえてきた。

藪を分けて現われたのは、十人の人足に、それを指揮する二人の侍だった。

いずれも、変哲もない長髷なのを見ると、早くに先行して準備をはじめた侍たちと思われる。

作業がはじまった。

思ったとおり、手にした大鋸で、邪魔になる雑木を切り倒しはじめている。

喜十は、樅の木の上で干飯《ほしい》をかじり、わずかな水を口にしただけで昼をしのいだ。

敵の作業は順調なようで、八ツ（午後二時）過ぎには完了したようだ。

「よし。これでよい」

満足げな声が、風に乗って届いてきた。

そして、全員が引き上げていった。

それでもなお、喜十は、木から下りない。

ただ、ひたすら木に残り、静かに目を閉じて両手で印を結ぶと、口中で、

「カーン、マン、ボロン、ア、バン、ウン……」

と呪文を唱えはじめた。

これは修験道《しゆげんどう》の行者《ぎようじや》も唱える真言《しんごん》で、忍びの者にとっては、自己暗示のための呪文であった。

どれほどの刻が、たったろう。

日暮れが迫ってきたころ、喜十は木を下りて、丸太仕掛けの場所まで行った。

それから藪に身を隠し、じっと、下に見える往還を眺めていた。

もう、とっぷりと日も暮れた。

だが、日暮れて着く旅人もある。

ずいぶんと細くなった眉月《まゆづき》が、中空にあった。

ようやく、人通りも絶えたようだ。

(よし……!)

喜十は、背に差していた鉈《なた》を抜き、

「やっ!」

瞬発の早業で、まさに宙を舞うように、丸太を支える四本の荒縄を、次つぎと切り払ったと思ったら、もう喜十の姿は消え去っていた。

2

なにしろ凄まじい音がしたのだが、得てしてこのような場合、ひとの反応は鈍い。誰かが様子を見にいくだろうと、他人まかせにして、騒ぎが起これば見物に腰を上げる。

ま、そういうのが、ひとの本性かもしれない。

いつの間にか喜十は、薬売りの扮装をして伊部宿の動きを見ていたが、すでに駅務も終わったか、代官所役人の一人も出てこない。

もちろん、〈へうたん屋〉に逗留の敵方も気づいた様子はない。

喜十が切って落とした丸太十本は、勢いを駆って往還を通り過ぎ、八本が田圃に転がり落ちている。

残る二本が往還を塞いでいるから、いずれ夜明けがくれば騒ぎが起ころう。

（さて……）

喜十は飄然《ひょうぜん》と、須賀谷の神明宮に向かった。

鉤梯子《かぎはしご》を取り出すまでもなく、神明宮の門は開けっ放しで、敵方が借り受けている藁葺きの空き茶屋からは、かすかに明かりが漏れている。

ときどき高笑いの声が聞こえてくるところを見ると、酒盛りでもはじめている様子だ。

こちらのほうも、まるで気づいていない。

(明日になれば……)

さぞ仰天するだろう、と思うと、喜十の唇は思わずゆるんだ。

次には――。

(ふむ)

茶屋にいる人数が気になった。

喜十は門の陰に荷物を隠し、足音を消して茶屋に近づいていった。

なるほど本殿は神明造りだが、さしたる広さもなく、茅葺きの社務所はあるが、宮司も神主もいない神明《しんめい》さんのようだ。

よほどに近づいて、なかの気配を読む。

(一人、二人、三人……)

そのとき、声がした。

「いや、ここの湯は、なかなかのものだ。大垣まで往復した疲れも、きれいにとれた」

「そうじゃろう。わしも、朝夕に浸かって極楽気分じゃ」

「おまえは、湯よりも、若い女の裸で極楽なのであろう」

「いやあ、その分、見たくもない婆ぁの裸も目に入る」

などと、たわいない話に興じている。

どうやら須賀谷の湯は、誰でも好きに入れる、露天の入れ込み湯のようであった。

（ということは……）

きのう大垣まで物見に出かけた侍が、すでに戻ってきたということか。

そのことも確かめると、喜十は神明宮を出た。

ひとまず、忠八が潜り込んでいた、お堂に潜り込んだ。

ほとんど朽ちかけたお堂だが、木立の先に湯煙が見える。

おそらくは、小さいながらも村人たちが、温泉が出るのに感謝して建てた薬師堂であろう。

仏教界では、温泉の神といえば薬師如来をさすのである。

用心のため、堂の入口に低く細引きを張り、苦無《くない》（両刃の忍具で手裏剣にもなる）を手に紙衾《かみぶすま》にくるまって仮寝をした。

どれほどの刻がたったのだろう。

喜十は、ひとの気配に目覚めて紙衾を払い、苦無を構えた。

堂の外から、低いがよく通る声で、

「兄者か」

「おう」

木曽川畔の大浦村に向かった忠八が、夜を徹して戻ってきたのであった。

薬師堂の扉が開き、常人なら足を取られて転ぶであろう細引きを、難なく跨いで、黒い影が入ってきた。

灯火を外に漏らさない、入子火《いれこび》という忍具がある。

喜十が、それに火を活《い》けながら、

「何刻《なんどき》ごろかな」

きくと、

「七ッ（午前四時）は過ぎたでございましょう。それより兄者、うまくやりましたな」

丸太の様子を見てきたらしい。

火を活けると、忠八が商人姿であるのが見えた。

「まだ誰も、気づいてはおらなんだか」

「はあ、それも、あと半刻かそこらでございましょう」

夜明け前に早発ちをする旅人も、いるのである。

「そうか。では、そろそろ支度をせねばな。ところで、伊波御家老には会えたか」

「はい。おそろしく美男のお方でございました」

「ふうん」

「さっそく、物頭《ものがしら》一人に足軽を十名つけて、伊部宿まで急がせる、とのことでございましたよ」

「ほう」

隊列の二割方を割いて寄越すとは、なるほど決断の早いお方だ、と喜十は思った。

「では、そろそろ決着のほどを、見物しなければな」

「そう、いたしましょう」

すでに月も入り、漆黒の闇であった。

「仕方がない、提灯にしよう」

提灯に火を入れた。

脇往還に戻る途中、神明宮前を通ったが、奥は、ひっそりと静まりかえっている。

やがて往還と須賀谷の追分《おいわけ》に出た。

どこにも、ちらりとも明かりは見えなかった。

「怪しまれてはならぬ。田圃のほうから物見しよう」

喜十は田に入り、提灯の灯りを頼りに畦道を伝って、見当で丸太が転がる方面に進んだ。

ちょうど手頃なあたりに、小さな祠があった。

田の神でも祀っているようだ。

(ちょうど、よい)

二人は、提灯の火を消すと、祠の陰に身を隠した。

ちょうどそのあたりからは、山の端の宿場町の常夜燈と、点点と旅籠の行燈の光の列が見えた。

だが、雲雀山も、その奥の小谷山も、墨一色で、かき消えている。

やがて暁《あかつきやみ》闇がきて、空の色が褐返《かちかえ》し色から鉄紺《てっこん》色にと変わりはじめたころ——。

「お、あれは早発ちの旅人ではないか」

宿場町に、提灯の灯りらしいのが動くのを見て、喜十は言った。

「そのようで、ございますな」

忠八も言う。

灯りは、やがて常夜燈を抜け、そろそろかたちを現わしはじめた山裾にかかる。

闇に馴れた目が、提灯を提げた旅人の姿を捉えていた。

と……。

旅人の足が止まり、提灯をかざして、行く手を確かめている。

（さて、どうするか……）

だが、再び動きはじめた。

途中、ぎくしゃくと、提灯が不自然に上下した。

往路を塞ぐ丸太を跨いで、押し渡ったようだ。

（よほどの急ぎ旅のようだ）

仰いだ空が、だんだんに白みはじめていた。

本陣を兼ねる代官所から、あわただしくひとが出はじめたのが、小半刻ばかりのち、まだ十分に夜が明けきらぬうちだった。

右往左往ののち、人足たちが出て、丸太を動かしはじめたのが、さらに小半刻ののちちには、とうとう馬までが引き出されてきた。

そのころになると、旅籠を出た旅人たちも、ある者は通過し、ある者は見物にまわって、古矢眞神社の下あたりに人垣ができた。

もう少したつと、野良仕事に出る百姓たちもくわわって、人垣が、そこかしこに生まれはじめた。

「よし。俺はそろそろ、まぎれ込んでこよう」

喜十が言うと、忠八は、

「では、わたしは須賀谷の追分あたりを……」

神明宮の侍たちが、どう出るかを探りにいった。

喜十が、古矢眞神社の階段坂下に群がる人垣に、まぎれ込んでしばらく、騒ぎを聞きつけたのであろうか、喜十が品川から、ずっと追い続けてきた三人組がやってきた。

笠もつけず、揃って唐犬額なのが、かえって滑稽であった。

なにやら、小声で言い合っているが、動転している様子が手にとるようにわかる。

そのうち、あの小男が、小走りに東へ向かった。

あの神明宮に、急を告げにいったのであろう。

幾ばくかののち——。

六人の侍の姿が、東のほうから現われた。

さすがに菅笠はかぶっているが、途中で立ち止まり、田から丸太を引き揚げる作業を見たり、雲雀山を見上げたりした。

その雲雀山には、先ほど、代官所の役人や問屋場の人足たちが入っていった。

六人は、すぐに引き返した。

小男は戻ってきたが、今度は人垣にくわわらず、そのまま、旅籠のほうへ急ぎ足でいく。

（はたして……）

どう動くか。

喜十も人垣をはずれ、常夜燈のあたりに佇んだ。

小男を含む、三人の商人が、あわただしく〈へうたん屋〉を出て木之本方面へと去っていった。

（…………）

まだ、六人の侍が残っている。

今しばらく、様子を見ることにした。

再び人垣に戻った喜十の目に、六人の侍たちはそれぞれに、旅支度をととのえ、打飼いを背負い、一人、また一人と、ばらばらになって通過していく。

最後の一人が過ぎたあと、忠八が現われた。

喜十は、胸のところで三本指を立て、後方を振り返って見せた。

三人連れも、すでに発ったと知らせたのである。

対して忠八は、右手を広げて胸に当てた。

諒解した、との返事である。

（さて、とりあえずは……）

襲撃計画をつぶしたが、これで終わりという保証はない。

喜十は人垣を離れると、忠八とは逆に関ヶ原方面へと向かった。

今朝方、大垣の宿を出た行列は、関ヶ原宿、中町の脇本陣で昼の休息をおこなう予定だ。

（十分に、間に合う）

事の顚末を、伊波家老に報告しておきたいと同時に、あの偽医者夫婦の動向も探りたかった。

途中、丸に三葵の陣笠をつけた武士が、槍持ちと十人の足軽を従えて、早足でくるのと擦れ違った。

（もう、終わりましたぞ）

喜十は胸のうちでつぶやきながら、隊列と擦れ違った。

3

落合勘兵衛が、油坂峠《あぶらざか》を越えて大野藩領に入ったのが、きのうのことで、昨夜は山大野《やまおおの》とも呼ばれる上大納村《かみだいのう》に宿泊した。

油坂峠から大野城下への道筋は、三とおりあるが、勘兵衛たちが選んだのは、若生子越《わかご》えとも呼ばれる穴馬道《あなうま》であった。

この道筋は、いくつもの峠を越える厳しい道のりだが、周辺には藩が経営する幾つかの鉱山があって、鉱山への生活物資が行き来するところであった。

直明警固の目付衆が、前もって走りまわり、できるかぎり馬を調達してきたが、なかには馬さえ通れない細く険しい道もある。

普段から歩くことに馴れない直明が音《ね》を上げて、代わる代わるに背負うなど、なにかと苦労はあったが、無事に大野城下に入ったのは、四月二十三日の夕刻であった。

直ちに、寺町の長興寺《ちょうこうじ》に入った。

長興寺は、藩主直良の生母の菩提を弔うために、寄進を受けて建立された寺で、できあがって二十二年目という、越前大野でもっとも新しい寺院である。

直良の生母は奈和子《なわこ》といって、直良が六歳のとき、三河国で没した。慶長十四年（一六〇九）のことであった。

諡号《しごう》は長寿院林的周栄大禅定尼《ちょうじゅいんりんてきしゅうえいだいぜんじょうに》といって、墓は岡崎の松応寺《しょうおうじ》にある。

直良が越前木本《このもと》藩の領主となったとき、母の菩提を弔うために、その地に長寿院という寺を開いたが、その後、勝山、そして、また大野へと国替えがあった。

この大野に長興寺ができ、母の墓碑を建立するにあたっては、あらたに長興院通《ちょうこういんつう》応妙円大姉《おうみょうえんだいし》の法名が追加されたのである。

「いやあ、疲れたのう」

旅装を解き、足をさすっている直明に勘兵衛は言った。

「聞きまするに、大殿さまのご病状の経過は上上とのこと、まずは、ご安心くだされますよう」

「おう、そうか。早う、見舞いたいものじゃ」

「お気持ちはお察しいたしますが、行列が到着いたす予定は、明後日のことでございます。それまで、当寺で、お待ち願わねばなりませぬ」

「ふむ。じゃあ、もう少し、ゆっくりときてもよかったのう」

勝手なことを言っている。

それで、勘兵衛が小声で、

「なにしろ、替え玉でございますからな。それが知れては、伊波どのも、塩川どのも腹切りものでございますよ」

少し脅すと、

「おう、そうであった。よし、あとのことは、そなたにまかすゆえ、よしなに頼む。いや、遠路、すまぬことであったのう」

労いのことばが出た。

思うに、よほどに塩川の教育の効果があったのか、長旅の間じゅう、もっとも心配であった直明のわがままも出ず、非常に穏和であったことに、勘兵衛は胸を撫で下ろしている。

義兄の室田貫右衛門ほか、三人の目付を残して、あと七人の目付が、それぞれの屋敷に戻っていった。

義父にあたる大目付の塩川益右衛門には、その報告がなされようし、清水町に住む勘兵衛の父母の耳にも、勘兵衛の帰郷のことは伝わるであろう。

それを思うと、どうにも落ち着かない気分だが、表だっては会えない事情があった。

もどかしいが、仕方がない。

直明が、御父君を見舞ったのち、いつ江戸に戻るかの予定は立たない。

その間に、敵にどのような動きがあるか、当分は、勘兵衛は帰郷さえ知られず、影となって動く必要に迫られていた。


そして、いよいよ、替え玉行列がお国入りする四月二十五日になった。

勘兵衛は、伊波が仕切る行列が、九頭龍川を渡って下荒井に到着するのを迎えに行きたかったが、ぐっと我慢をした。

我慢をした分、いや、どうにも落ち着かない。

到着は、どうせ夕刻とわかっているのに、まだ昼のうちから、
今か、今か――。

と思ってしまうのであった。

(そういえば……)

勘兵衛たち一行に、影として随行した服部源次右衛門に、斧次郎――。

とうとう、道中の間、一度として姿を見せなかった。

こうして若殿が、無事に大野城下に入ったのを確かめたのちは、おそらく九頭龍川を渡り、行列を守る任務についたのかもしれない。

無沙汰は無事の便り、ともいう。

どうやら、行列のほうにも異変はない、ということだろう。

中食ののち、直明が退屈をはじめたようだ。

「なにか、遊びのようなものはないか」

勘兵衛が八次郎に尋ねると、

「将棋など、いかがでございましょうか」

言うと、耳ざとく直明が反応して、

「うむ。将棋がよい。勘兵衛、相手をせよ」

「いえ、あいにくとわたしは……」

駒の動かし方くらいは知っているが、ほとんど知らないに近い。

八次郎に尋ねると、

「下手の横好き、という口ですが……」

ということで、八次郎が若殿の相手を務めることになった。

下手の横好きというのは額面どおりで、半刻ともたずに、八次郎が負けた。

それで直明は、すこぶる機嫌良く、勝負は第二局目に入った。

そんなとき、室田貫右衛門が、勘兵衛に手招きした。

「勘兵衛、江戸の菓子屋で［高砂屋］というのを知っておるか」

いきなり尋ねてきた。

「はい。ようく知っております。わけあって、今回の道中の手助けを、秘かに頼んでおりました」

「おう。そうだったのか。いや、それならよいのじゃ。うん、忠八という商人がな、おまえに会いたいときておるのだ」

さて、なにごとかあったかと、胸騒ぎを覚えつつ、室田に直明の張り番を頼み、寺の玄関に急いだ。

初対面の挨拶もそこそこに、勘兵衛は寺の一室に忠八を案内した。

忠八が言う。

「実は、昨日に、我が父から繋ぎがありまして……、一足先に勘兵衛どのに、事の経過を報告せよとのことで、かく参上いたしました」

やはり服部源次右衛門は、行列の最後の宿となる、大野藩飛び領の山王村へと向かったようだ。

「さようか。なにごとかござったのだな」

「はい。しかし、行列のほうは、瑕疵《かし》もなく、無事に山王村の本陣に到着してございますゆえ、ご安心を。実は……」

北国脇往還の伊部宿近くでの襲撃計画と、その打破の模様を、忠八は、詳しく話しはじめた。

「いやあ、それは……。いや、よくぞ打ち砕いてくだされた。このとおり、礼を申す」

勘兵衛は、真摯《しんし》に謝意を表わした。

「いえ、すべては、兄、喜十の働きでございます。その後、わたしは、伊部宿から立ち去った九人の者たちの跡をつけましたるところ……」

「ふむ」

九人が九人とも、木之本を過ぎたのち、柳ヶ瀬村というところから柳ヶ瀬道という脇街道に入り、向かった先は敦賀の港であったと言う。

「敦賀……」

それは、また、どういうことであろうか。

忠八が続ける。

「敦賀港近くに［泊屋《とまりや》］という屋号の商人がおりまして、そこへ九人ともに入りましたので調べましたところ、そこは越後の物産を扱う蔵宿《くらやど》で、直江津《なおえつ》の今市というところまで、五百石積みの葉加瀬船《はかせぶね》を往復させているそうでございます」

「すると、その九人は、海路で越後まで……」

「逃げ帰った、と思われます。なんでも海路百四十里、潮と風次第ですが、早ければ三、四日で今市に着くそうでございます」

「ほう」

襲撃計画の成就、失敗を問わず、敦賀を経て越後に戻ることは、当初からの計画であったのだろう。

4

そののち、下荒井まで物見に出していた目付の一人が馬で戻ってきた。

「行列が、先ほど、下荒井に無事御到着」

とのことである。

さすがに、勘兵衛は安堵の胸を撫で下ろした。

将棋は二局目も八次郎が負けて、

「どうじゃ。なんなら、もう一番いくか」

得意げに言う直明に、

「直明さま、まもなく行列が到着いたしますゆえに、そろそろ、お着替えをしてもらわねばなりませぬ」

勘兵衛は言った。

替え玉の、新高八郎太が着用している衣装と、同じものを準備している。

勘兵衛と八次郎が手伝い、直明の衣装を整えた。

最後に残った頭巾を見て、

「やはり、これもつけねばならぬか」

直明が言うのに、勘兵衛は少し考えたあと、

「顔の腫れ物も治癒した、ということで、その必要もありますまい」

「そうそう。とうに治っておる」

元もと腫れ物はできておらぬのに、替え玉を立てるにあたっての苦肉の策だ、ということは、直明にもわかっていた。

さて、行列が城下に入ったのち、伊波と塩川に近習に護られた駕籠だけが、この長

興寺へ入る手筈となっていた。

十二歳で、この大野を発ち江戸へ向かった直明が、初めての国帰りにあたり、この祖母の墓碑がある長興寺に、まずは帰国の挨拶に立ち寄る、という口実であった。

長興寺住職の妙西禅師《みょうさいぜんし》が、直明を墓碑に案内する前に、伊波と塩川に替え玉の新高八郎太が、室田の案内で隣室に入る手筈はできあがっている。

「よろしゅう、ございますか」

隣室から室田の声がして、直明と頭巾姿の八郎太が、素早く入れ替わった。

襖が開いた向こうとこちらで、勘兵衛は伊波と塩川と視線を交わし、無言のまま、うなずきあった。

そして、襖が閉じられた。

さっそくに頭巾を脱ぎ捨てた八郎太に、八次郎が小声で言う。

「兄上、大名行列の気分はいかがでございましたか」

「馬鹿を言え、生きた心地もしなかったわ」

即座に答えた。

正直な感想であろう。

「ほれ、八次郎。兄上の着替えを手伝ってやらんか」

ともあれ、替え玉との入れ替えも無事にすみ、やがて、墓参も終わったのであろう。

「つつがなく、行列は城のほうへ」

室田が、そう報告にきた。

あと、直明は二の丸に滞在することになる。

「で、これから、おまえたちは、どうするのだ」

尋ねてきた室田に、勘兵衛が言った。

「このことは、義兄上の胸に秘めておいてほしいのですが」

「ふむ」

と言ったのち、室田は首を傾げて、

「大目付さまにも、内緒か」

「いえ。お義父上は別格でございますよ」

「うんうん、そうであろうな」

室田が納得した顔になる。

「義兄上は、七軒西町にある油問屋で［松田屋］というのをご存じですか」

「おう、知っておる。当主の乙左衛門《おつざえもん》は、七軒西町の年寄を務めているでな」

「さようで。実は、その［松田屋］が、江戸留守居の、松田与左衛門さまの実家でございますよ」

「えっ、まことか」

室田の目が丸くなった。

無理もない、勘兵衛は妻の園枝から、それを教えられたが、松田自身の口から聞いたのは、江戸を出る直前のことであった。

「はい。当主の乙左衛門さまは、松田さまのご実弟だそうで」

「ほほう」

「実は、その［松田屋］の離れに、お糸さまという、松田さまのご妻女が暮らされておるとか……」

「いやあ、知らなんだのう」

またも室田の目が丸くなった。

勘兵衛とて、園枝に聞くまでは、松田に妻がいることさえ知らなかったのだ。

「実は、そのお糸さまの離れに、わたしと八次郎は、当分の間、寄留することになっております。もう少し、夜も更けてから、ご案内をいただけますか」

「承知した」

――まあ、夫婦というても、名ばかりの夫婦じゃ。したが、おこうのことは、まちごうても口にするでないぞ。

と、松田からは釘を刺されている。

5

松田の妻である糸は、五十四歳、目の涼やかな、おっとりとした女性であった。

ちか、という二十九歳の小女《こおんな》と暮らしている。

「遠慮など、いらぬゆえに、どうぞ、気ままに、いつまでもお使いください」

挨拶をした勘兵衛に、にこやかに応えてくれた。

一方、新高八郎太のほうは、母屋のほうで一泊して、あすの一番で江戸へ戻るという。

「八次郎、あすは兄君を見送っても、かまわぬぞ」

「よろしゅうございますか」

「ああ、我らは、いつ戻れるとも知れぬからな。それに八郎太どのは、この地には不案内であろう。若生子あたりまでは見送りして、よくよく道筋をご説明して差し上げろ」

大野城下から若生子村までは三里、八次郎には、きのう通ったばかりの道筋である
し、昨年にも江戸への帰途に、通ったところであった。
そして翌朝——。
八次郎が八郎太を見送りに発って、しばらくたったころ、[松田屋]の番頭が文を
届けにきた。
開くと——
熊野神社にて待つ。
と短い文で、○に源の文字があった。
(おくまのさんか……)
土地の人がそう呼ぶ熊野神社は、寺町通りを、ずっと南に下っていった熊野町にあ
る。
城下町も、そろそろはずれ、といったところだ。
さっそく勘兵衛は[松田屋]を出て菅笠をかぶると、東に向かった。
やがて寺町通りに出て、逆瀬川《しゃかしがわ》を渡って東へと進む。

（おくまのさんか……）

　かつて、その近くで人形舞わしの興業があり、塩川七之丞に誘われて、園枝や友人の文左《ぶんざ》たちも一緒に見物に行ったことがある。

　思えば、あのころに、園枝に対する初恋が芽生えたのだ……。

　往事を懐かしみ、ふと、今ごろ園枝はどうしているか、などと勘兵衛は思った。

（うむ。文を送らねばな）

　とも思う。

　そうこうするうちに、ぽつぽつと商店があり畑地の多い熊野前道にさしかかった。

　勘兵衛が石造りの鳥居をくぐって境内に入ると、二基の石灯籠の左のほうに、二つの人影があった。

　服部源次右衛門と、嫡男の喜十であった。

「さっそくだが……」

　挨拶を交わす暇もなく、源次右衛門が言う。

「ちょいと奇妙じゃ」

「奇妙と申しますと……」

　あとを喜十が引き取り、

「実は、行列のあとを、町医者の夫婦に化けて、江戸より尾行してきた二人がおりましたが、昨夜は比丘尼町の商人宿に入りました」

比丘尼町は、寺町通りより一本西の通りである。

「ところが……」

と、喜十は続けた。

「朝になり、夫婦者は商人宿を出ると、横町通りに入ったところで別れましたので、男の行き先は斧次郎が尾行しております」

「なるほど……」

「ところが女のほうは、またもや比丘尼町に戻り、前夜とは別の商人宿に入りましてございます」

「なるほど、奇妙ですな」

なにをやらかそう、というのか……。

「まだ、午前のうちでございますので、おそらく、誰かと落ち合うたとしか思えません。とりあえずは、忠八が見張っております」

「なんという商人宿ですか」

「［さらしな屋］というところです」

すると、源次右衛門が言う。

「我らの監視を覚られぬよう、わざと放っておりますゆえ、手出しは無用にお願いいたします」

「わかっております。すべて、おまかせをいたしましょう」

「わかったことや、動きがあったときには、おいおいにお知らせいたします。どうやら、長期戦になりそうな気配ゆえ、我ら四人も、この大野に腰を据えて、若君が江戸に戻られるまでは、しかと務めをお果たし申す」

「どうか。よろしく、お願い申し上げます」

初夏とはいえ、まだ寒さの残る、この山峡の城下町で、新たな戦いがはじまる予感を覚えて、勘兵衛は奮い立っていた。

［余滴《おまけ》……本著に登場する主要地の現在地］

［越後高田藩中屋敷］東京都港区赤坂九丁目桧町公園付近
［戸田の船着場］埼玉県戸田市川岸三丁目に石碑あり
［古矢眞神社］滋賀県長浜市湖北町伊部四四に現存
［伊部宿］滋賀県長浜市湖北町伊部
［熊野神社］福井県大野市高砂町八に現存

［筆者註］
本稿の江戸地理に関しては、延宝七年［江戸方角安見図］（中央公論美術出版）および、御府内沿革図書の［江戸城下変遷絵図集］（原書房）、岸井良衛著の［江戸・町づくし稿］ほかによりました。

時代小説
二見時代小説文庫

幻惑《げんわく》の旗《はた》 無茶《むちゃ》の勘兵衛《かんべえ》日月録《じつげつろく》13

著者 浅黄《あさぎ》 斑《まだら》

発行所 株式会社 二見書房
東京都千代田区三崎町二-一八-一一
電話 〇三-三五一五-二三一一 [営業]
〇三-三五一五-二三一三 [編集]
振替 〇〇一七〇-四-二六三九

印刷 株式会社 堀内印刷所
製本 ナショナル製本協同組合

落丁・乱丁本はお取り替えいたします。
定価は、カバーに表示してあります。

 ISBN978-4-576-11141-4
http://www.futami.co.jp/

二見時代小説文庫

浅黄 斑　無茶の勘兵衛日月録1～13
井川 香四郎　とっくり官兵衛酔夢剣1～3
江宮 隆之　十兵衛非情剣1
大久保 智弘　御庭番宰領1～6
大谷 羊太郎　変化侍柳之介1～2
沖田 正午　将棋士お香 事件帖1
風野 真知雄　大江戸定年組1～7
喜安 幸夫　はぐれ同心 闇裁き1～5
楠木 誠一郎　もぐら弦斎手控帳1～3
倉阪鬼一郎　小料理のどか屋 人情帖1～3
小杉 健治　栄次郎江戸暦1～6
佐々木裕一　公家武者 松平信平1～2
武田 櫂太郎　五城組裏三家秘帖1～3
辻堂 魁　花川戸町自身番日記1
花家 圭太郎　口入れ屋 人道楽帖1～3

早見 俊　目安番こって牛征史郎1～5
　居眠り同心 影御用1～5
幡 大介　天下御免の信十郎1～7
　大江戸三男事件帖1～4
聖 龍人　夜逃げ若殿 捕物噺1～3
藤井 邦夫　柳橋の弥平次捕物噺1～5
牧 秀彦　毘沙侍 降魔剣1～4
　八丁堀 裏十手1～2
松乃 藍　つなぎの時蔵覚書1～4
森 詠　忘れ草秘剣帖1～4
　剣客相談人1～4
森 真沙子　日本橋物語1～8
吉田 雄亮　新宿武士道1
　侠盗五人世直し帖1